MOUNTAIN

登自己的山

All This Wild Hope

平凡之路

周径偲 著

GUANGXI NORMAL UNIVERSITY PRESS
广西师范大学出版社
·桂林·

图书在版编目(CIP)数据

平凡之路 / 周径偲著. —— 桂林:广西师范大学出版社, 2025.9. —— ISBN 978-7-5598-8344-5

Ⅰ. I267

中国国家版本馆CIP数据核字第20251935YU号

PINGFAN ZHI LU
平凡之路

作　　　者:周径偲
责任编辑:谭宇墨凡
封面设计:山川制本 workshop
内文制作:燕　红

广西师范大学出版社出版发行

广西桂林市五里店路9号　邮政编码:541004
网址:www.bbtpress.com

出　版　人:黄轩庄
全国新华书店经销
发行热线:010-64284815
北京启航东方印刷有限公司印刷
开本:787mm×1092mm　1/32
印张:8.25　　　字数:133千
2025年9月第1版　2025年9月第1次印刷
定价:62.00元

如发现印装质量问题,影响阅读,请与出版社发行部门联系调换。

目 录

第一部　被故乡开除的人

第二部　每座城市都是一座迷宫

第三部　平凡之路

第一部

被故乡开除的人

残败青春

　　我们学校有一个招生口号："培养新一代的盖茨和安南。"

　　前两年网上流行一句话："假如有一天有人用钱砸你，没关系，蹲下去一张一张捡起来，当事情和你的温饱有关，一点点尊严不算什么。"还据说，以上文字是亦舒写的。因为这句话，这个人，我都没听过，所以只能据说，但我想把以上"据说"撕碎，扔进厕所。

　　三十多岁的时候，我发现我的同龄人大多成了那样一种人，他们围绕有关"挣钱"的二百句话过完一生——恋爱，旅行，奋斗，侥幸稍有所成的，一定要显摆，隐晦或者不隐晦的；广义上的失败者，通常每天抱怨世界不公，谁都辜负自己。

关于我为什么没有成为那种人，大概得从十六岁的时候说起，我念了一所私立高中。

在那个山坡上的私立学校里面，我们把《在路上》这本无聊又拖沓的书当成宝典传阅，还有《海边的卡夫卡》，当然由于资源短缺，《挪威的森林》被拆成了无数个十几页的"动作片特写"流传于江湖。回想起来，要是当时条件允许，我绝对不和这帮怪物抢那几页又薄又脆的东西。

我保证，大部分人都觉得《在路上》难看至极，因为这本书在传阅了好几学期以后，后半本还是密密实实。也不知道什么时候谁规定的，不看这本书你就处于鄙视链的末端。我和一个叫郭汉的小胖子捡了一周的烟屁股，熬到周五放学去麦当劳买了十个菠萝派。因为萨尔·狄安这一伙不靠谱的家伙曾经在旅途中吃了几天这个，可人家太穷了才吃这个，那时候重庆的麦当劳贵得要死！没错，我们用一周的烟钱换的。据说这小胖子周末在家吃了两天的白粥，抢啊，你要吃七个啊！

郭小胖是个幽默的家伙，强迫自己对与摇滚有关的一切入迷，听的东西也就比今天的土摇高一厘米。那天中午我们在寝室抽烟，枪花乐队的专辑伴奏，声音特别大，嘴里叼着烟的小胖操起扫帚，假装弹起吉他。他跟着 Slash 的 solo 节奏，像郎朗那样摇头晃脑。约莫一分钟，他起身关掉 CD 机，说："你们看过 Slash 在 MV 里面吐烟头的样子吗？烟头跟着口痰一起吐出来。太酷了！来来，让老子给你们示范一下。"他猛嘬一口已经快到黄线的烟屁股，然后把酝酿已久的浓痰朝着地面全力喷出，半秒不到光景，我们在烟雾中听到嚎叫，杀猪一般的，小胖捂着嘴往厕所狂奔而去。烟头粘在他下嘴皮上，没有和浓痰一起飞向地面；火星子在他下颚上烫出了胡豆大的黄水泡。

得了小儿麻痹的人叫凯祖，他因为后遗症，平常就不太控制得住口水，这时更是笑得口水糊了一脖子。小胖稍微缓过点劲头，哼哼唧唧从厕所回来，顺手操起扫帚往凯祖头上招呼。"你丫笑！你丫笑！"咬牙切齿。

我到今天也没弄明白，为啥人就是忍不住要在别人犯傻的时候发笑，遭到耻笑的人都恼羞成怒。所以最幽默的人是不是都敢于在大庭广众下跌个狗吃屎？可那些忍住不笑的人，这不代表你就不是讨厌的王八蛋，只证明你是一个戏精，是一个低级趣味的人。

那天下午，我们给小胖吹了一个大背头，用很硬的发胶给他定型；下颚上的水泡显得更抢戏了，加上小胖那个肥厚且上翻的大鼻子，他看起来就像是某种滑稽剧的配角演员。我说过，他是个幽默的人，两个小时以后，他已经一点都不觉得难过。

我们的历史老师是个老学究，他明显是一个有文化的老头，至少有四百句话的人生含量。每次讲到红军新四军志愿军在战场上所向披靡的时候，他会把教鞭当惊堂木敲。他应该是彭德怀的崇拜者，最喜欢高声朗诵"谁敢横刀立马，唯我彭大将军"。不仅神情威武，偶尔顺势还在讲台上横着教鞭跨两步。演戏的欲望，好像潜伏在每个人的基因里面。

我们学校有一个招生口号："培养新一代的盖茨和安南。"没人知道这两位大牌人物是怎么被攒到了一起。虽然都比较有名，他俩估计也不太熟，也不知道世界上还有多少个私立学校，打着他们的旗号招来了无数被教育系统淘汰的"烂桃子"。好险，但凡乔布斯稍微成名早一点……

说起来，这个伟大的学校用很愚蠢的方式欺骗了我们的父母，但是它拯救了我们的青春。比如凯祖，他的母亲以为他是一个杰出的孩子：从来不及格的英语成绩，提高到了一百二十几分，这一切只用了不到一学期。这不是上天的恩赐，是盯梢的恩赐——每次考试前，我会趁整个学校午休，翻墙进入教务处偷答案，用笔一个个抄写下来。这事还是要怪乔布斯，怪诺基亚也行，如果我可以拍照，我根本不需要凯祖这个跑百米三十三秒的人盯梢。

没有人再害怕开家长会，这里的老师从来不会说你的坏话。实际上无论你在学校怎么混，你的老师永远在夸你，除了显著的成绩飞跃，你的人品、生活习惯、世界观都得到了重建。开完家长会，爸妈会觉得你的人生进入了正轨，五年后可以变成一个年薪三十万的好青年。

在这里你可以谈恋爱，可以抽烟，可以踢球，可以玩乐队。我在那里还搞掉了两个我不喜欢的老师，都是用联名信的形式，其中一个语文老师居然是校长的老公。

对了，你相信凯祖会成为盖茨或者安南吗？你让他跛着脚去以色列劝大家别打了，还是他可以研发出菠萝牌手机颠覆苹果的霸权？很多次，我觉得我应该向凯祖道歉，因为我并没有尊重他，也没有礼貌，甚至用他的缺陷取乐。

我真心知道这是残酷又错误的，可如果再来一次，十七岁的我同样还会那么做。高二的那个暑假，毕业班只剩下六个男生。校长迫于我们家长的压力，也学公立学校一样补课。这天夜里太热了，我们和我隔壁床的牛梗根本睡不着，凯祖在床的另一头给我按摩小腿，我捧着《吾国吾民》看，这差不多是第二百遍了。我觉得高考的作文老师应该喜欢这样的文章，心想到时候交卷上去，作文得了满分，被报纸刊登——不幸的是，有人发现这是林语堂写的，有人挂不住脸，只好开除这个没文化的阅卷老师。这个设想让我觉得朋克无比。当然这一切没有发生，我也不知道自己到底得了几分。

牛梗把烟头往墙上一弹，差点落到凯祖头上。凯祖笨拙地躲闪，烟头点着了我的被子，我怒不可遏，一个大耳光，以及无数个大耳光扇向凯祖。可是，为什么我这么可恶，难道我不应该对着牛梗生气吗？人怎么总是挥刀向弱者？怎么可以无耻到这种程度？你们要知道，我在高考前迷茫无措，决心要以写作养活自己，一周看七本小说的时候，凯祖日日夜夜地在帮我按摩，一按就是两三个小时。我们毕业之后，牛梗问他，为什么要那样帮我按摩，他说，他觉得写文章好的人特别帅气，而自己明显做不到，所以就愿意为我服务。

我不得不再道歉一次，非常真诚的。哪怕你不能成为盖茨或安南，至少可以过得平安顺遂富足，凯祖。

我的父亲

我爸从来没有表扬过我。

我没有见过我爸哭，以至于我每次流眼泪都感到羞耻，可我特别爱哭。

爷爷死的时候我刚六岁，那天我们三口人回到一百公里以外的灵堂，我看见好多人在哭。他们说我不懂事，爷爷生前最疼我，而我不仅没有哭，还在灵堂疯玩，上蹿下跳。其实我一直在偷看我爸，太好奇了，内心深处期待看到他掉眼泪。但始终没有，那三天时间我都没看到。后来问我姑，那天我爸哭了吗？我姑说没有。可能我应该问我妈。

我姑说我爸年轻的时候很帅，那个时候没有陌生人社交软件，女生想表达爱慕就给人送自己照片。我爸那时候有一摞子女生照片。我妈的照片没有在里面，因为我妈是校花。我模糊记得我爸表达过，他和我妈是青梅竹马，从一而终。但我妈说，他们中途分过手，我爸应该还有一个女朋友。长得帅这事多半是真的。我高中的时候，他穿着一件皮衣来开家长会，好几个女同学跟我说，我爸比我帅。我一直想给这几个女同学挂眼科。

在四川，小孩子印象深刻的场景是：你是不是要这样？老子数三声，3、2、1！啪！啊！这算是比较讲道理的父亲。有的人倒数是不断句的，小孩还来不及反应就挨上了打。

父亲是家里的老大，从小被我奶奶打，那时候《少林寺》正火，他不知道去哪里学了一些野套路，在家扎马步，练拳法。奶奶打他，他就打我叔，我叔小他五岁，然后我叔拿我姑出气。我爷爷奶奶疼爱小女儿，还是打我叔。

我爸运动员出身，曾经的区跳远纪录保持者，爆发力好，速率快。我外婆曾经形容过，我挨打常常是出于无声，发乎惨叫，止于暴揍。也就是说，我为什么被打不知道，怎么上手的不知道，看到哭了，哦，又被打了。

哭是不能大声哭的，哭等于夸张情绪博取同情，不能表演是我爸棍棒下的价值观。

我被打这件事渐渐出名了，老师知道，邻居知道，同学知道。有一年夏天，我考了八十几分，揣着试卷回家不敢拿出来签字。晚上，九岁的我失眠了，模仿签名这事被抓过，不能再干。估摸着夜里一两点的时候，我突然理出一套逻辑：老师让家长签字，是让家长知道小孩在学校的状况，考八十几分的人肯定会遭到责难，签字第二天交回去，等于告诉老师这小孩已经被锤过了。被锤一定会有痕迹，如果没有签名，但有痕迹，好像也是一个意思。

我爸手巧，用老竹木做了一根巨型戒尺，强硬而有韧劲，表面用细砂纸磨过，配上他年轻时候练的剑法，打在肉上血淤而不外溢。我拿着戒尺，趁爸妈熟睡，在大腿上狠抽了六七道血印。第二天我翻着短裤给老师验伤，说我爸打我了，说不定因为太生气忘记了签字。完美过关。当然这事最终还是被戳破，自己白挨自己一顿，欠上的加倍奉还。

现在回想起来，很多时候同学挑衅我，和我打架，就是知道我回家肯定有一顿。别家孩子和人打架，回家总有人关心一下，有没有受伤，是不是受欺负。我们家不是，有这种事打完再聊。你们太坏了，所以我从来不参加同学会。

20世纪90年代初，有一次我跟着我爸去市区出差，正好他办事的地方旁边有个破落游乐园。那个机构不让小孩进，我只能被"寄存"在门卫室。那个下午太漫长，我和胖门卫聊了恐怕有四个小时之后，我爸终于下来了。我以为他心存愧疚，主动提出我们去开一次碰碰车。我坐在驾驶位，方向盘在他手里。那场游戏就我们一辆车，他疯狂转动方向盘，一次又一次冲向那些停着的车，嘴里说着碰碰车就是要碰。那天我彻底知道了碰碰车方向盘是什么味道，我的鼻子在橡胶上碰了无数次，车停了，鼻血流一脸。给我擦脸的时候，他在一边笑到断气。

我爸从来没有表扬过我。这事可能要怪我奶奶，可能她也从来没有表扬过我爸，所以我们家没有办法对亲近的人表达赞美，没有学习过这件事，不具备这个能力。我遗传了他爆发力好的特点，从小跑得快，会踢球，他说我耐力差；我十三岁开始健身，坚持了二十年，他说我学习没有意志力；我拿了一堆作文比赛奖状回家，他说我数学英语都不及格……总之从言语之间，我很多时候怀疑他是不是很后悔有我这样的儿子。

2008年5月13日下午，我给他打了一个电话，说明天我要去汶川，和一个医疗队一起。要么他明天上午十点半送三千块钱到大田湾体育场门口，要么我就借钱去。

正常情况下我应该是打给我妈，那天我也不知道为什么，直接打给他。可能我觉得这个严重而坚决的选择题，我爸比较能接得住。我的预期是他一口拒绝，我就挂掉电话。实际上我的大学室友们已经帮我凑到了三千块钱。

他说："嗯，好，明天早上我去学校接你，再送你去体育场。"

那天早上他到我们寝室楼下才七点多，车里装满饼干方便面。我坐着他的车去体育场，那一路上好像也没有聊什么。大巴车停在著名的贺龙像右侧，工作人员在车上贴横幅。我处在亢奋之中，心急如焚，恨不得瞬间转移到震中开始报道。

志愿者从各处赶来，大巴车没有按原定时间出发。我爸慢慢悠悠，把他买的东西搬上行李架，跟陆续赶来的志愿者们聊天。我甚至觉得他是想和我们一起去，但也不好意思问他怎么还不走。十二点了，我问司机到底啥时候走。司机说可能三点差不多，还差一点医疗物资，让我们就近吃饭。

我爸像领受了长官指令，开始招呼我那些素昧平生的队友："大家一起去吃饭吧，这边走。"

队友可能以为他是医疗队的组织者，也默默跟上。他带着我们去附近一家他常去的马面鱼餐厅，全都坐下来，整整两桌。席间大家都在说话，因为全是年轻人，活络起来非常容易。我不记得他在跟别人聊什么，只有一句话他重复了很多次："去灾区很危险，你们一定要互相照顾。"

那天深夜，我们到达绵阳体育中心。大家在广场上搭帐篷，一个队友问我："中午那个中年人为什么要请大家吃饭？"

七天以后我从北川回家，他来车站接我。我稿子还没写完，他又去北川了。据说他是主动申请去的，因为上阵父子兵的情结。那一段时间，我妈的心脏估计不怎么好。

几年前，我回老家给外公外婆扫墓。我们忘记买香烛，我和我妈中途下车到一家小店去买。我老婆和我爸在车上等我们。那天晚上我老婆告诉我，他们在车上那十几分钟，我爸跟她说，小时候他老打我，和我相处的时间也不长，现在想起来自己似乎没有那么称职，有些愧疚。

我感到尴尬，不知如何回应。因为我们家不懂得如何表达善意和情感，也不懂得接受。他越来越老，瘦得不到一百斤。

祝他和所有父亲快乐。

那个叫我们多读书的人

李华峰说："你们来到学校，遇到我，比成绩更重要的是遇到热情、诚实、善良和变得渊博。"我永远也不会忘记这几个词，以及对这个独立又不俗的班主任产生的仰慕，即便我对他的阅读审美稍有怀疑。

开学那天三十九摄氏度，蝉鸣的声势堪比夜店，你想和新认识的漂亮女同学说点什么，需要凑着耳朵喊。高中生基本上已经算大人了，他们自认识破了太多谎言，觉得这个世界是由谎言组成的。天气预报当然是骗子，永远不会有超过四十摄氏度的预报，因为那样学校就必须延迟开学。

这个班的班主任名叫李华峰，也可能叫李建国、李国庆或者李中华，反正差不多就是这一类典型的名字。他很瘦，但骨节精悍，远远站着，就像被深秋暴风雨蹂躏后的槁木。这人有个癖好，他不害羞，见人就游说别人不要害羞，因为他认为害羞是中国的国民性弱点，我们必须要克服它。他眼睛巨大，鼻子也巨大，嘴同样巨大，大眼睛直勾勾地盯着你，直到你无所适从不再看他。他带着征服者的微笑，说你看，你害羞了。其实别人心里想的是：你个"胎神"。我很难具体解释这个四川方言，用另一句易懂的川话解释，就是"一副讨打相"。

他从教室外面走进来，宣布他是这个班的主人，他拥有未来三年裁决我们生活的权力。底下坐着的几乎都是公立学校淘汰的歪瓜裂枣，一共十七个人，十个男的，七个女的。

李华峰说，第一，我们可以谈恋爱，条件是考试成绩必须在班级前八名，也就是超过一半人，不过，必须注意安全。第二，我们可以抽烟，但不能被寝室的老师发现。第三，我们一定要多读书，最为推荐的是戴尔·卡耐基的《人性的弱点》。他把这本书奉为他的生命之光，说自己之所以那么优秀，大半来源于此。

他是一个英文老师，口语非常熟练，他说他有一个梦想，以后要去英语国家工作。

有个男生问："老师，你说话算话吗？"李华峰说："你们来到学校，遇到我，比成绩更重要的是遇到热情、诚实、善良和变得渊博。"我永远也不会忘记这几个词，以及对这个独立又不俗的班主任产生的仰慕，即便我对他的阅读审美稍有怀疑。因为我那个做编辑的表叔让我放弃那些古白话小说，看看《约翰·克利斯朵夫》。每天看十页都费劲。

按理说，少男少女的爱情应该是深刻又专一的。因为没经历过，因为家庭学校的围堵，因为相处时间稀少。他们的恋爱甚至超越了恋爱本身，他们见面、牵手、拥抱、亲吻，甚至寻找人迹罕至的机会探索对方的身体。这像在进行某一项保密任务，恋爱是被诅咒的，他们要在诅咒者眼皮底下不断相逢。他们除了互相吸引，还成了某种意义上的战友。

可这位不凡的李华峰，公然发出了"合法恋爱执照"。这十几个人了不得，三个月之内恨不得互相交叉谈恋爱，谈了两轮。第一季度的考试成绩出来，李华峰有点蒙，他设计的"恋爱发动机"模式没有效果，从结果来看，倒印证了恋爱影响一切理论。这个班的总体平均分低于倒数第二 30%。

李华峰站在讲台上暴怒，他在一分钟内用右手锤了六次讲台，其中一次太大力太疼，锤完在自己右腿上隐秘地蹭了蹭。他扔了三盒粉笔，损失超过十块人民币。他动作飞快，快得像皮影戏里的小人。他说从现在开始，任何人都不准谈恋爱，不准抽烟！抓一个，通知一个家长。之后五分钟，台下的十几个人都没有说话，蝉不懂事，依旧喧嚣。没有谈恋爱的凯祖说："老师，那前八名还可以谈恋爱吗？"李华峰从地上捡起一个粉笔头，朝他头上扔去，扔歪了。

后来，我们知道李华峰为什么生气，我们班成绩太差，他被扣奖金了。

他说不谈就不谈吗？最多不过转入地下不让他知道而已。抽烟更不可能，那是瘾，高中生并不比成年人好戒，说不定比成年人更珍惜它，毕竟成年人还可以喝酒。

有一天中午吃饭前，李华峰找我，让我吃完午饭先别回去睡觉，到办公室找他。他有非常重要的事情和我商量。他具有这种蛊惑力，当他觉得他真诚的时候，你就相信他。那种成年人和成年人交谈的严肃，让我受用，产生了天降大任的仪式感。

"我觉得我们班现在的情况不太好，我想了一个新的办法。给我们班找一个副班主任，和我一起管理大家，让大家走上正轨。"李华峰的大眼睛瞪着我，一贯的瘆人。

"是胡老师吗？"我问。胡老师是新来的女体育老师，刚刚大学毕业，健美操专业，貌美如花。

他说："不，我觉得最合适的人选是你。你聪明、有号召力、正直，大家有问题都愿意听你的。"

"有工资吗？"我觉得他显然在开玩笑。

李华峰嘴上露出了笑容，不过眼睛是不笑的。他说："钱肯定没有，福利有两个：你可以继续恋爱，继续抽烟；马上要搞国庆晚会了，我们每个同学交二百块钱买零食买材料，你负责收，你负责花。"

"我需要干什么？"

"你作为副班主任，有义务让大家一起进步，每天统计大家看书多少时间，告诉班主任谁在偷偷谈恋爱，谁在抽烟，谁把烟藏在哪里。"李华峰说。

我们通常把烟藏到鞋里、天花板吊顶空隙、床板夹层、关闭的空调出风口等等富有天才创意的角落。两周以后的第一个返校日，李华峰在熄灯以前突袭了我们所有的寝室，没有一个人的烟得以幸存，包括我藏在厕所热水器顶上的两包烟。

我才发现，我们全班都是副班主任。直到凯祖拿着他的烟，挨个递给这一群相视无言的内奸。他一个人一间房，平时我们不爱跟他玩，李华峰可能也认为他不具备做副班主任的能力。哦对，我差不多是到今天才明白我的第二个福利是什么意思，如果我收了钱，并对他有所表示，说不定我还可以继续抽烟。是我辜负了他。

有一天我和李华峰坐在操场上，我说："你看现在我们多惨？以前踢球还有人给我加油喝彩。"

他说："你确定是给你喝彩？"

我说："你总是在告诉我们，我们要阳光一点，诚实一点。你这次这么搞，是不是不太好？"

"那就看起来阳光一点吧。"

"你这么赶尽杀绝，让我们真的很绝望啊。"

"行了行了，就好像你以前没绝望过一样。"他连看都不看我一眼。

第二年夏天开学，我们等着他再来一次开学演讲，这次我们要和他智斗到底。可是他没有来，我们在教室里，等了五个小时，他消失了，再也没有回来。

我们听说，他带着一百二十个初二的学生，投靠了另一所私立学校，那边的校长承诺给他二十万奖金。我们的校长姓谢，一个活跃的中年人，五十多岁了，留着郭富城的发型，戴着林语堂的眼镜。我们周末常常在网吧门口碰到他，他从网吧隔壁的夜总会出来。这天他暴跳如雷，把办公室的电脑砸成碎片。

一个月以后，我们又听说，李华峰回来了，一个人回来的，一百二十个孩子在另一个学校顺利开学，而他没有拿到被承诺的二十万，连一个职位都没捞着，因为那边的校长说了，小人难养。他跪在谢校长寝室门口，跪了一天一夜，谢校长没有让他回来上班。终归也没有报警。

直到我们快忘记这个人，一年多之后，凯祖举着电话从教室外面跑进来，嘴里大喊："李华峰！李华峰！"开着免提，我们十几个人跟他有一搭没一搭地聊了一会儿。

他哭了，哭着说太想我们了，让我们一定要多看书。一句话不断哽咽，结结巴巴，听着感觉是真心的。

他在一个叫巴布亚新几内亚的地方做翻译。据说那里连公路都没有，交通基本靠走。人都不穿衣服，男的只用一种植物做帘子，挡住重要部位。这到底是一个什么地方呢？我现在也不清楚，想必也是说英文的，他完成了他的梦想。

不知道他现在还教书吗，还让不让学生抽烟、谈恋爱，还看不看《人性的弱点》。

东流水

　　"有你在的冬天，总下雪，我不知道冷，就算
再寒冷……"

1

　　我对上一个万人空巷的记忆来自这首歌，2007年那
个夏天，所有人都看《奋斗》，所有人都记得这首歌。可
能也不是，因为每个人的记忆都是假的，都是添油加醋。

　　我们那个地方在长江边上，那里的"985"大学开
设了电影学院，有个专业叫戏剧文学，翻译过来就是专
业写剧本的。2007年该学院全国专业考试的第一名是我，

考试题目早已忘记，不过我记得我抄了王朔的《过把瘾》交卷，也可能抄的是《动物凶猛》。

2006 年的第一名叫杨柳，他是男的。这个像女生的名字限制他的基因，作为一个山东人，他身高一米六五。他长得很白净，平均说五句话，就会用食指推一推眼镜。据说遇到大学同学王娜以前，他还是童子身。

我和他后来认识，因为我当时的女朋友是他同学，而不是我同学——全国专业第一名因为高考文化课分数不够，落榜了。但我为了谈恋爱，自己挑了和他们一墙相隔的学校，并和女朋友一起租了间房子，后来，我们看起来非常幸福地生活在一起。其实我后悔莫及，因为电影学院的女生都太好看了，播音主持、表演、舞蹈，哪个专业的姑娘都比女朋友好看。

我们也常常吵架，吵到把出租屋的东西都砸一遍，两个人再省吃俭用，重新买回来。我落榜这件事，她让我去找她爸，他说不定能帮我摆平文化分不够这件事，但必须我主动开口去求她爸。

我也希望她爸帮我摆平这件事，如果我都能上那所大学，这就变成一个坏小孩逆袭的励志故事。我爸妈会因此扬眉吐气，毕竟我的成长过程，也是他们饱受邻居同事鄙视的过程。他们要长脸要扬眉吐气，一定会给我金钱上的回报，我将拥有足够的生活费去泡妞，何况我还能写，长得不赖。可是如果这样，我岂不是欠她一个大人情，她就可以从此控制我，羞辱我，奴役我。巨大的少年自尊心反弹，将千言万语化为一个字：滚。

自然，我们把三十平方米的出租房砸了一遍，晚上还挤回那张小床，如胶似漆。

2

张猛对着杨柳叫骂，杨柳蜷缩着一米六五的小身板，蹲坐在木质小板凳上。

张猛这个山东大汉一头长发，斜躺在沙发上，说："你个王八犊子，你也不想想王娜凭什么跟你在一起！生理上不般配。人家高你半头，何况你还是个雏。社会环境不般配。王娜是万人追，你是狗不理。兴趣不般配。她天天在夜店泡着，你连打热水都挑半夜人少的时候。那她图你什么？"

张猛把手里的剧本卷起来，对着杨柳的头，反手一抽，说："就图你这三十万。"

杨柳是学校头一个还没毕业就写剧本卖钱的人，这事轰动一时。杨柳拿起酒给张猛斟满，心里估计想：

"其他事我都听你的，王娜是我老婆，再卖两个剧本我就娶她。"

张猛二十六岁，念大二，担任班长，他说其他人都是他的弟弟妹妹，同学们几乎每天在他家吃饭，弟弟妹妹们买菜，他下厨做饭。他和班里一个女生住在一起，他说这也是妹妹，关系最好的妹妹，并不是女朋友。

张猛不吃米饭，我感到很诧异，这个世界上居然有人一边喝鸡汤，一边啃馒头。我问他是不是工作以后又重新高考的，否则怎么会二十六岁。他说因为前面好多次都落榜了。我说那和我一样，他说不是的，他是专业考试落榜。我感到很诧异，他怎么连抄都不会。我后来没事写了一篇小说给他看，他说有点意思，但也就刚刚往门里探了探头。所有人的稿子写好都给他看，连杨柳要卖三十万的剧本也在他手里修改，我感到很诧异，为什么专业第一名的稿子要给专业落榜生修改。几年后我参加工作当记者，所有人的稿子都拿给主编看，主编水平很差，把我的稿子改坏几次之后，我就不诧异了。

张猛拿着杨柳的剧本在家改，杨柳非常感动，甚至觉得张猛就是夜半海面的灯塔，是沙漠里的仙人掌，是冰山上跳跃的篝火。

他给张猛做饭洗碗拖地，还要挨骂，他毫无怨言，坚信张猛能赋予这个剧本新生，张猛说得对，他逻辑差、文笔差、框架差，差到就像豆腐渣掺屁做的。

他抄起电话打给影视公司，说，作者栏加上张猛的名字，放在前面；三十万平分，分别打到两个账号上。

剧本改了半年，还没改好交给影视公司。杨柳看起来越来越瘦削，瘦得像自家发的豆芽菜，脸瘦之后眼镜越来越松垮，现在说三句话就要用食指扶一下。他的智齿总是发炎，左脸一直肿大。男生们关灯后在寝室里说，都怪王娜，天生尤物啊，谁找到她便是杨柳的下场，阳气耗尽。

流言蜚语是构成尤物气象的一个部分，王娜不介意有人说她浪荡，这样的评价变成魅惑的吸引力，传说像热浪一样拍打着整个校园。男人的恼羞成怒，通常不是自尊心受伤害，只是被排泄物堵住了智商。

我问杨柳到底有没有纵欲过度，他不承认也不否认。一个月以后他去医院看智齿，医生却给了他一张鼻咽癌确诊的单子。

3

《奋斗》剧终了。石康想表达的主题可能是少年都迷茫，迷茫了就折腾，折腾不求什么结果，折腾本身就是结果。但这个班的同学，他们没有学会《奋斗》的折腾，却学会了别的。

比如，张猛改稿子改到第九个月的时候，终于改好了。杨柳因为要接受规律的放疗，实际上已经不再正常上课，也没办法再去张猛家里守护他人生的灯塔。他把这个任务交给了王娜，让自己的女朋友去灯塔家守护灯塔。也就两周时间，张猛的好妹妹就离开家搬回寝室，王娜和张猛好了。我很好奇杨柳面对双重暴击，心里到底怎么想的，但我不敢问，我怕问完他去自杀，或者和我拼了。没多久，听说他开始办理退学手续，默默地从大家生活中消逝而去。

张猛和王娜早就并肩走在校园里了，男的打球，女的捧着可乐去加油，如同所有的情侣那么甜蜜，如同当初和杨柳一样甜蜜。班长家的流水席越做越大，弟弟妹妹从同年级扩大到山东籍，后来连河北籍的弟弟妹妹们都来了。

因为大家听说，学校出了一个大才子叫张猛，写了剧本，三十万卖给影视公司。

我看过那个完成稿，和杨柳的初稿区别不大，可能一共改了九百多个标点符号，平均一个月一百个；黑色幽默为主基调的剧本三条线交叉，他改坏了一个，还剩两条；加了一些台词，张猛想模仿石康写一点俏皮话，但不好笑。

我骂过他，我说你天天还看《奋斗》呢，光学会撬弟妹了。我骂他的时候，他已经喝多了，昏睡在床，他多半没听见。毕竟一米九的大汉，清醒的时候我不敢。

后来，张猛交了稿子，十五万落袋，请大家去KTV。来了起码有三十个人，也就是说至少有二十个人一晚上都摸不着话筒。大家知道今天的主题是捧臭脚，张猛也知道大家来捧他臭脚。我和女朋友也去了，我不喜欢那样的局，因为大家并不捧我的臭脚。

但那天最后我还是喜欢了，我喜欢上了一个人，那人叫钟玲，山东姑娘。现在想起来肯定她不是国色天姿，可我为什么就喜欢上她呢？印象中有三个因素：第一，她一直在看我，我非常确定自己不是想太多；第二，她在给我递水的时候抓了我的手，不同寻常的好几秒；第三，我眼睛礼貌地想避开看她，却没避开。

回去我就给她发短信，她不断给我回短信，证明我在KTV没有会错意。发到第三周的时候，我决定搬出去，直接告诉女朋友，我也学《奋斗》，我爱上了她的同班同学，我要跟张猛干一样不要脸的事情了。因为钟玲高大，女朋友玲珑；钟玲温柔，女朋友每天都像吃了火药；钟玲勤快，女朋友恨不得把碗堆一周之后再洗。

我们把三十平方米的出租屋砸了一遍，我带着我的行李搬到钟玲家。

有的人说，青春就是荒唐，其实哪里是荒唐，就是激素太多，每一根血管在偾张，每一个细胞在分裂，每一个信号都被误会。

我可能在钟玲家住了四十五天，我们说了无数句我爱你，幻想我们要生两个孩子，毕业以后我离开家乡去青岛。我就跟刚走入温柔乡的杨柳一样，瞬间瘦骨嶙峋。我感到前所未有的快乐，但也疲惫不堪。

直到有天我在街上碰到那个女朋友，她让我陪她喝杯奶茶，刚坐下来，奶茶店放起我和女朋友都喜欢的一首歌，曲子把所有的旧时光推到面前。这首歌就像秋冬换季最大的那场暴风雨，把我对钟玲的虚妄欲念彻底冷冻——钟玲瞬间变成了一个粗壮、没有主见、没有自我意志的平庸女人。

那天晚上我拿着行李回到了三十平方米的出租屋，钟玲哭得很厉害，而我关掉手机。据说那天她喝了一斤半二锅头，在学校操场上睡了一夜。

4

　　杨柳和张猛同时收到那十五万稿费。杨柳拔掉了智齿，经历规律的放疗之后左脸淋巴结也不肿了。就在他回到学校拿肄业证书那天，班主任给他一封信，是医院的致歉信，医院误诊了。他并没有癌症，只是一个囊肿，但活检的时候可能拿错了数据。

　　张猛因为那个剧本声名鹊起，提前被电视台录用做了导演。十几年过去了，也没有任何拿得出手的节目。但他一定拥有了更多的弟弟妹妹，他永远有天赋，能找到愿意给他捧臭脚的弟弟妹妹。

　　王娜在毕业以前踢了张猛。

　　而我，搬回出租屋三个月之后和女朋友彻底分手了。原因有两个：次要原因是我发现我和钟玲住的那四十五天，她也有人；主要原因是四年了，确实腻。官方原因是我要写一个二十万字的小说，谈恋爱影响创作。

　　小说到今天都没有写出来，我对谎言说抱歉。

乒乓教练

曾经我怀疑他在炫耀，后来觉得不是，他很陶醉，脸上有蓝光，头顶有灵魂在跳舞。就像猫看到罐头，赌徒看到筹码，男人在站台上渴望远方的恋人。

那天下午我连续打了三小时乒乓球。我的对手都是大人，其中一个是我同学的爸爸，他儿子叫张平，常常数学考倒数第一。他连发十一个球，我接发球连抽他十一板。搞得大家多少有点尴尬。

数学老师总是有意无意嘲弄他儿子，说得多了，哪怕没明说，同学们都觉得这人恐怕脑子不太灵光。后来上初中，我考过倒数第一，才发现考倒数第一的原因有很多，逃课抽烟、上课写情书或者玩 BP 机都有可能让你得倒数第一。体育老师王贵教大家跳高，以四十厘米的高度起跳。女孩子纷纷跨过去，轻盈得像东非草原上的瞪羚羊；男孩们更不用说，甚至有人侧手翻过去——王贵飞起一脚，蹬在这个捣蛋鬼屁股上。

张平躲着最后一个跳，他从很远的地方助跑，临近横杆的时候急刹停下，来回往复十几次。所有人都在笑他，我怀疑很多小孩并不觉得好笑，他们在演好笑。羞耻心让他勇敢起来，他助跑，闭起眼睛纵身把自己扔向空中，右前脚尖恰好挑起横杆，膝盖着地，横杆卡在膝盖中央，杆断了。

王老师一边整理断裂的器材一边说，张平是最认真和最勇敢的一个，大家不准嘲笑他，要向他学习。

王贵另外一个身份是乒乓球教练。这个半老头鼻梁挺拔，眉头紧锁，眼里好像装着 LED 灯泡那么闪烁。随时看到他都昂首挺胸，脖子笔直，你说他是芭蕾舞老师也说得过去。我从小就觉得他和大部分人看着不一样，后来看了点书，《三国志》讲诸葛亮"身长八尺，容貌甚伟"，这句话也可以形容王贵，都是帅哥，只是他肯定没有八尺，顶多一米七。所有人都叫他王老师，校长这么叫，区长这么叫，菜场的阿姨也这么叫。

传说他是四川省体工队的老教练，为国家队输送过很多队员。有人疑问，既然他这么厉害，为什么会流落到小学当体育老师？有人解释，说这个人啊，脾气太直得罪了领导；有人说他在体工队有经济问题；有人说……总之，他是个"大人物"，不应该出现在这个小镇的小学里。

王贵的乒乓球队在学校的顶楼上，他是这个空间里的神，雷厉风行，受人崇拜。每天下午三点半，乒乓球撞击球台的声音准时响起，那并不像什么高雅的交响乐，反而类似于工厂里某种机床集体运作的噪声。这种噪声，在校园里充满了神圣的意味，所有人都期望被他选中，被他选中的人从此光荣起来。你可能会成为专业队的一员，甚至有一天登上奥运赛场，听国歌，升国旗——王贵跟每个新队员畅想未来，有时候甚至眼含泪光，泪光里倒映着一台电视机，里面有奥运五环。

我是二年级被他选中的，我感到光荣又疑惑。我注意力不集中，入队一个月，还在对着空气挥拍，我压根不擅长做这种规范又重复的事情。他明明知道我有这个问题，某天例行训话时，还当众指着我说："我们队里现在出现了一位有天赋的队员，你们看他手长脚长，脚步灵活，他就是我们的削球手丁松。"队友们转头看向我，把惊讶、蔑视、嘲笑用眼神泼到我身上，我报之以懵懂，他们转回头再把虔诚和童真还给王贵。

乒乓球队没有暑假，小队员们这时候就感到难过了，毕竟其他小孩都在家躺着看《小龙人》，很难看，可好歹躺着。这年暑假训练依旧，王贵却不在，他说他要去上海参加农运会，再次代表四川队出征。有个大孩子说，老王上次作为教练员参加全国比赛，作为大人物，已经是十五年前的事情了。

两个月之后，大人物回来了，突然走进训练场，我正在地上和人摔跤，一半人在助威，另一半人各自玩各自的，没有人打球。惯常情况下，他会拎起几个大孩子的耳朵，举起左手扇他们另一侧脸。之后罚所有人去操场跑步，跑到他满意为止。这天他心情很好，叫大家集合，他要分享他的农运会心得。

他讲得异常投入，强调了好多次，他是坐飞机去的上海，听他讲的小朋友们大多没有坐过飞机。他说飞机加速奔跑的时候，比最好的小轿车还快十倍，腾空而起的瞬间，就好像子弹扎向天空，人会感到有点眩晕。然后慢慢攀爬，直到万米高空，这时候的飞机平稳得又像长江三峡的游船，地上的车像蚂蚁，房子像火柴盒，飞机上甚至有免费的可乐，免费的酒，他还喝了酒。他说起这一切的时候，那种神色，仿佛此刻他再一次飞到了天上。不过，我几年后自己坐飞机的时候，觉得飞机加速并不快，起飞的瞬间甚至有点笨拙。房子就是房子，不像火柴盒，只是它变小了。

他又开始形容起上海，好像他觉得"大"等于一切的好和高级。他说南京东路相当于十个解放碑商圈；上海最好的百货公司叫八佰伴，里面有一百多个真人小丑发免费棒棒糖；东方明珠更是了不得，它的塔尖直插云端，比云还要高，到了顶楼之后，里面甚至有个过山车。我当时难以置信，觉得这哪里是上海，他说的可能是天堂。

曾经我怀疑他在炫耀，后来觉得不是，他很陶醉，脸上有蓝光，头顶有灵魂在跳舞。就像猫看到罐头，赌徒看到筹码，男人在站台上渴望远方的恋人。不过，至于四川队得了第几名，他倒没有提起。

农运会之后，王贵变回威猛先生，他又开始揪耳朵，扇耳光。说来奇怪，我懒惰又没天赋，却从未遭受体罚。他对我很好，好到什么程度呢？他甚至把他自己的球拍借给我用。我领过球拍的瞬间，觉得这可能算尚方宝剑一类的东西，它是权杖，它闪着光，它有魔力，它被其他小朋友觊觎。

其他孩子心里不平衡，大孩子跟其他孩子说，王老师选中我，以及偏袒我，只是因为他知道我舅公是区长。我觉得大孩子说得有道理，王贵总是和我提起舅公，而且叫舅公的名字不带姓，感觉很熟，害得我只能装更熟——毕竟是舅公，又不是亲爹。

后来，他一度对我不客气，总是当众骂我，我觉得完蛋了，他终于发现我和我舅公没那么熟。

而后我不服气，质问大孩子："你不是说他是怕我舅公才对我好的吗？你看王老师现在，你就是在说瞎话！"大孩子把我拉到墙边，问我王老师借我球拍用多久了。我说一学期有了。大孩子晃了晃他手里的球拍，说这个拍子在老王那买的，让我回去叫我爸给我七十块钱，明天赶紧去老王家买副球拍。

我拿着钱，周末去老王家买球拍。大孩子没骗我，当我凑齐了球拍人品平均数之后，王贵又开始对我夸张地好了。

这好像让我找到了什么窍门，听说可以去他家买训练服的时候，我保证我是最踊跃的，至少是前三名穿上"御用"球衣；后来，我每年中秋节，都给他拎两盒月饼。

他没有对我更加的好，因为好到头了。直到有一次，我下课期间和人打乒乓球，隔壁班有个我本就讨厌的人，一直用手扶着球台左侧，影响我接球。对方回球又落到了球台左侧，我撤步过去正手拉球，尽全力转腰，挥拍，球拍击中球，球过网。同时，球拍结结实实砍到这位同学的眉心。我第一次知道，血是可以从一个人的身体里喷涌出来的，旁边看球的小朋友们，有的吓蒙，有的就地大哭起来。我捂住这个涌血的窟窿，拉着他往校医室跑，血在我指缝中溢出，我有点发抖，觉得他可能会死掉，那样的话，我也要杀人偿命。

校医接过冒血的同学，从柜子里抽出人头那么大一束棉花捂住伤口。校医是王贵的老婆，我送月饼的时候，见过她好几次。她冷冷看了我一眼，说"先上课去吧"。我本能地没听她说话，愣愣站在那里，直到她说："没事的，小朋友打球又不是故意的，快去上课。"

是的，我是故意的。我心里回答了她，转头跑向教室。

最终因为校医对我动机的支持，这件事并没有让我面临更大的麻烦。奶奶买玩具，买营养品，带着我去医院给同学道歉，我记得好像我还和他握了手。后来她问我，是不是故意的。是的，我是。我在心里回答了她。

这件事之后没多久，我决定离开乒乓球队。我跟爸妈说，打球恐怕影响学习。事实上我心怀巨大的愧疚，乒乓球会一遍又一遍地提醒我，我说谎了。我甚至没有跟王贵告别，只是让班主任通知他，我不再去训练。因为他是神，他是至高无上的王教练，我只有十岁而已，不敢当面对他说不。

我和他下一次见面，在三年之后。

那天下午我打了三个小时的乒乓球，我的对手都是大人。舅公带着一众人来我家附近的球场打球，他是乒乓球迷。大人们和我车轮战，我把他们纷纷挑落马下。舅公最后和我交战，就在我打掉他最后一分的时候，王贵出现了。王贵在众人面前，勇猛地击败了我。

大哥

大哥和小静的恋爱生活，是一场权力的游戏。

扼杀早恋，是班主任的天职，但这把刀不杀大哥。

齐鲁是我的邻居，人高马大，暑假总在一起踢球，算熟。

那天下晚自习，他招呼我一起走。我们沿着小路走下坡，一路上都是偷偷抽烟的问题少年。走到半路，三个人围上来，手里半拖报纸筒，其中一个是学校的大哥。我反应过来这是个圈套，也知道为什么挨打。大哥正在追我初恋女友。她很犹豫，觉得因此抛弃我不厚道。

过程很快，报纸筒里包的不是刀，也不是钢管，可能是某种塑料材质的棍子。大哥说:"你不要再骚扰小静了。"他说一次,我心里骂一次。但表面上不置可否,就被打了三个来回。结束后一琢磨,亏了,还不如骂出来,反正也是挨三顿。

三人累了,说"你走吧"。我表面上不露声色,双脚很诚实,但印象中我没跑,只是踱步频率比较快。齐鲁在前面等我,问我没事吧,还伸手掸去我衣服上的灰尘。我重新点上烟,说没事,明天运动会一百米还能跑。一路无话。我俩住两个单元,分手前,我说,看着吧,我会报仇。他笑,拍拍我,这两下反倒有点疼。

那晚我给自己贴满膏药,好像身上披着一件渡边淳弥的补丁衬衣。第二天出门前想了又想,最终贴着膏药跑了百米比赛。小静肯定有看到伤痕(膏药),也知道发生什么事。几天以后,她正式跟大哥在一起了。我就此学会了抽烟。除此之外,我还能怎样排遣我的嫉妒与哀愁呢?

我复仇的方式是找我叔,这叔叔据说是真正道上的人。我说叔,我被人打了。

他得知打我的人是学校大哥之后说:"他啊,是我朋友的儿子,他爸是我们区著名的餐饮老板呢。我给他打电话,你们应该做好朋友。"

无言以对。和大哥做朋友？我应该感到开心。大哥是高中生，我是初中生，挨打以前，我就是初中的大哥。如果我和大哥和解，我还是初中生的大哥。我挨打这事便成了秘密，无人敢说就等于从未发生——这是好事。

至于情敌之痛，反正也不是交易，我是被抛弃的一方，受害者。回想起来，我是在这一刻变成大人的。

小静是我们年级最好看的人之一，小巧玲珑。大哥身高一米六三的样子，硬说，那也是天造地设。我们年级还有另一个并列最好看的女生，叫好梦。她天生黄头发，发丝细密，头小得像五指宽的木瓜。大眼睛也是浅黄色，她看你时，你好像在看电影。里面有落叶，有莫斯科红场，有戴毛绒帽子的卫兵，还有乌鸦站在枯枝上呜咽。总之，我跟她在一起了。我必须跟她在一起，这样我才能继续做个威风凛凛的人。

忘记初恋了吗？每次点烟的时候记得。还有跟好梦并肩走路的时候记得，记得四下看看，最好能跟初恋狭路相逢。

我跟大哥很快变成了好朋友。齐鲁是大哥的跟班，连上厕所都跟着。他屁股肥大，走路外八字，不是天鹅湖那种外八，因为大哥矮他二十厘米，所以他总是伛偻着，像只匍匐前进的蟾蜍。每次他看到我，总给我一个笑容，懂的都懂。我懂，他觉得自己是大哥跟我的线人；我懂，人靠着墙的时候，连做过烂事，都是大风有罪，身不由己。

大哥和小静的恋爱生活，是一场权力的游戏。扼杀早恋，是班主任的天职，但这把刀不杀大哥。可能欺善怕恶，也可能是大哥花了钱，我们班的灭绝师太，从来看不见在教室门口给小静送花送饭送蛋糕的大哥。

初三上学期，我们班转来一个男生。女生们说他好帅，男生们嘴犟，说帅是帅，就是有点显成熟。客观地说，他长得挺像言承旭，一个十五岁的人，练了七年散打，长着言承旭的肩膀和胸肌。

这人叫猴子，不仅仅帅，还很放得开，动不动把衬衫脱了穿个背心，很快跟女同学打成一片。别人说话就说话，他说着说着就把手臂搭在女生肩膀上。他还很快跟男同学打成一片，因为他慷慨，总是拿着他爸一百块钱一盒的"天子"牌香烟发给大家抽。他带着男生翻墙出去打游戏，他买单。猴子像国王般闯进校园，大部分人的角色主要是观众，负责鼓掌和领取糖果。

小静不是。她是挑衅者，风头最盛的那个。两个月以后，每天大哥把小静送回教室，小静再和猴子打情骂俏。

有天晚上放学，猴子叫大家一起去一个偏僻的厕所抽烟。我抽得快，跟他们打个招呼准备回家。在学校门口碰到大哥和他三个跟班，大哥脸色铁青，我知道他要打人。他问："你们班的猴子在哪？"小静和猴子的事情败露。我应该是犹豫了一下，说他在厕所抽烟。

我跟着这四个人一路小跑，路上我想：两边都是朋友，我这样是不是不太好，打起来我应该帮谁？猴子练散打，大哥是专业足球运动员，如果大哥落了下风，我就去拉猴子。

大哥冲进厕所，大喊一声"都别动"。只身扑向猴子。拳头跟北京盛夏的冰雹一样爆裂，两个人一声不吭，大哥的手骨锤在猴子面颊上，像飞速旋转的缝纫机。

我站在旁边坑位上，不知该干点什么，只好掏出一根烟点着。没想到猴子压根没有还手之力，散打恐怕是用嘴壳子练的。我发誓，我没有想过要拉住大哥。不是怕得罪他，可能潜意识里面，猴子当众挨打是我喜欢的局面——一方面觉得在我的地头上，有人灭了你的风头；更邪恶的是觉得，既然我的爱情选择了权力，那你也别想。

我烟还没抽完，战斗结束。大哥说了句"你以后骚扰小静见一次打你一次"，扬长而去。我没走，伸手扶猴子，不等我说话，他坐在地上跟我说："没事，确实是打不过。"

　　故事这次有点不一样。小静为了猴子跟大哥闹，说下次要再打猴子，先打死她。

　　我觉得我的初中生活结束了。这是一个食物链，我，被人踩在脚下。对了，那天大哥从厕所扬长而去的时候，齐鲁转头又对我笑了。懂的都懂。他想告诉我，我们做了同样的事，不寒碜。

　　回想起来，那一瞬间，我确实又当过一回大人。

高考往事

　　做完二百个俯卧撑，穿白衬衫出门，心神浪荡。
我感到今天我需要被人看见，而不是在教室搬砖。

　　一个十三四岁的小胖子在酒店大堂，坐行李箱滑行，
突然向前扑倒。出于道德感，我忍住脚底传来的震颤，
没有看他。

　　那时，我正拿着手机看一条我不喜欢的新闻。新闻
说，有个叫张雪峰的填志愿老师结束了北漂生活，正式
成立填志愿培训班。每人收费一万元，生意兴隆。我看
过一个短视频，有人问他，考300分的人应该选什么专
业？他很生气，瞪着摄像头喊，早干啥了？考三百多分

着急了？去工地搬砖，去学挖掘机。

不喜欢的来源没有那么高尚，就像你对着金城武说你长得真丑，那不伤人，可你要是对着一个高考三百多分的人（我）大喊大叫就不是一回事了。虽然我也不太知道，教人填志愿，比当厨子和开挖掘机高在哪里。

这人让我想起一件往事。高三都有无数模拟考试，第三次模拟考试叫三摸，自己摸一下自己的老底。我理解大概意思就是多摸，摸多了，考生心上生茧，考试的时候就麻，麻了变成老司机。这是正常逻辑。

还有一种逻辑是，我这样的破罐子，不用考试来磨，我们从睡醒就是麻的。因为我们身边的父母亲友师长，甚至体育老师都是张雪峰，天天磨你，哪里痛捅哪里。心像一张捕鱼的大网，全是窟窿，风来过风，雨来过雨。物来则应，过去不留。

第一科语文，考语文我能接近满分，大部分时候接近总分数的一半。这天天气好，不冷不热，天蓝得像海，风一吹，云仿佛在海里游蹿的大鱼。做完二百个俯卧撑，穿白衬衫出门，心神浪荡。我感到今天我需要被人看见，而不是在教室搬砖。飞快答题，来到作文题目，这里是我常常被人看见的地方——我档案里只有罢课、打架的处分，还有作文比赛的奖状。既然今天天气浪，我决定写首诗。卷子要求写得很明确，800字，体裁不限。

翻身交卷的时候，大部分人还在读作文题。大家下意识抬头看我，白衬衫穿着了。阅卷老师是位戴眼镜的短发女生，她教高一语文，负责在这间教室监考，而后收卷子批卷子。她抬头看我，眉头一皱，表达她还不认识我。

一周以后，三摸成绩公布，我语文只得105分。作文总分60，短发老师给我打25，不及格。我拿卷子找她理论，第一次去她不在办公室，第二次她一人在，第三次去那个办公室坐满了，老师都在。第三次我敲门，径直走到她面前，问她为什么给我25分。她像张雪峰一样语重心长，说："老师们一再强调，在考场上不要冒险写诗：第一，写诗字数不够，硬伤；第二，你们文笔不成熟，达不到诗歌创作要求；第三，高考一生一次，必须更加稳妥。"

我说："第一，诗歌按照行列计算字数，是你们自己规定的，所以我字数足够；第二，你说我文笔不成熟，老师你看过多少书，我看过多少书？我写小说加起来已经有二十万字，你一生有写作超过十万字吗？你需要理清楚，你到底是不是有资格评价我，给我打分。你要不服气，你可以写一首诗，我们让全校师生匿名打分，看看我们谁更好。"

短发老师作为高中教师，习惯给学生灌输逻辑，极少遇到学生和她讲逻辑。她不习惯和人平等辩论，被学生平等，是一种冒犯。她正在震惊和懵懂之间徘徊，突然双颊泛红，那种红，像红染料碰上湿画布，如涨潮海浪般滚翻上涌，染红鼻子，霎时就要从眼睑处滤成泪水。

这时候旁边的男子起身，气势汹汹走过来。他是高一年级年级组长，地中海发型，啤酒肚，头长在双下巴上，肩膀下垂，肩宽不如臀围宽。他说让我滚出去，再闹让李老师（我班主任）把我开除。我没看他，往短发老师身前挪了半步，语气惭愧，说："老师对不起啊，让你生气了。以后听你劝，不在考场写诗。"我说完，她眼泪流下来，为挽回体面，为恨铁不成钢，也为孺子可教。

大胖子狠狠瞪我一眼，像看汉奸般的眼神。极不顺畅地迈开脚，像濒临停滞的陀螺，打着转，转回他的座位。他恨的不是我挑衅女老师，恨的是没有戏份，加了戏，却在电视机外面演了一出戏。

那个办公室在三楼，我的教室在四楼。我没回教室上课，而是在楼梯间拿着手机看时间。我想，那个办公室的老师应该在我背后说了很多坏话和很多安慰短发老师的好话。短发老师多半情绪稳定。毕竟我伤的不是一个人,是一种秩序。十分钟到。大家相濡以沫,双向奔赴,应该早已把秩序找回来了。

我悄然潜回那间办公室门口,大胖子正在给短发老师分享他的腰果。我朝里面喊"那首诗其实是我抄的",拔腿就跑。

小偷

　　那是我第一次知道，撕碎别人的尊严本身并不让人享受。

　　我和我爸妈有个群，大家都有这样一个群。大部分时候，这个群里爸妈说，地球是平的，我们回，地球肯定是圆的。某天，我妈丢进群三张纸，都是我写的"检讨书"。其中一张写，我不应该偷拿我妈的手机卡，这属于违法犯罪行为。

　　记忆都是由碎片组成的。时间长了，碎片变成尘埃。再长一些，又从尘埃里长出花来。所以那些打上标签的记忆盒子，通常不可信，比如恋爱，比如江湖，比如光辉岁月。这些故事再拿出来讲时，如有雷同，都在瞎扯。

但那一年，我们班确实只出现过三部手机。一部是班里最有钱男生自己买的。一部是我捡来的。非典期间，我和这个最有钱的朋友一起去送别另一个同学的妈妈，我们俩在火葬场突感内急。我大便完毕起身，拿起蹲坑隔断上的手机，说："你手机别忘了。"他还蹲着，手上的手机里贪吃蛇饥渴地追逐食物。他满脸涨红，抬头说让我赶紧揣起来。那是个翻盖镶钻的TCL手机，它确实被遗弃在了火葬场的男厕所里面。

我扔掉原机主的电话卡，否则容易被找回去。我是走读生，晚上回去偷我妈的电话卡，跟学校男生寝室的同学打电话，炫耀我有手机，打完再装回我妈电话里。那时候电话费贵，没几天被发现，才有了那封检讨书。

以上两部手机几乎没有故事，最多就是有一些假义气。我俩参加同学妈妈的丧事前前后后一周有余，非典期间都是封校的。现在想想，我们班主任准许我们以此逃课，挺仗义。而我，却在两个月之后发动同学集体签名，要求学校换掉他。

这要从第三部手机说起。王雨是我们班最爱化妆的女生，早上和下午的她，眼线的画法都不一样。可能从小跳舞的关系，她的腰板比谁都直。但我觉得她不好看。

手机是她的,是她抓人眼球的配饰。

这个配饰出现一周后消失了,没有被老师收走,它不翼而飞。我们班挺特殊,都是江湖儿女,打架闹事习惯了,没有告老师这种事,自治。要自治就需要权力核心,我和那个最有钱的朋友,抢着承担这个角色。

有钱朋友长相欠佳,女生的事找我多。王雨当众把事托付给我,我说这事放宽心,我找不着,警察也找不着。就这么一说,跟在游戏厅撞人肩膀似的,说句你等着。

朱正是一个男的,我不喜欢他。他头很大但脖子极细,鼻子长得极好,像桂林湖面上高耸的小山。因而有一些女生说他帅,其中包括我前女友。这个原因之外,他爱出风头,接老师话头,每次都让教室哄笑起来。我的眼睛随时都在他身上,但没有人发现。比如我会在下课铃响起那一刻,大喊:"朱正,你刚上课吃鼻屎被我看到了!"大家笑。他极力解释,没有人听他解释。

朱正说他爸有文身,以前在社会上有多少兄弟,怎么样的叱咤风云,以至于右手少一根食指。我在想,如果我们那个学校、那个班不是以幼稚的江湖习性为风气,而是更好的公立重点学校,全班达官显贵,那他爸爸应该变成一个董事长、总经理或者什么领导。没人信他的鬼话,但我确实没有打过他。按理说我早应该打他一顿,耍帅一次打一顿。不过有一件事是真的，他在我们班主任家付钱吃午饭，班主任以补课的名义赚点零花钱。

两周过去，王雨打了耳洞，上课对镜子摆弄她肿胀的耳朵，把塑料棍拔出来涂碘酒，再插回去。手机的事过去了，就像谁也记不得两周前是不是下过雨。直到我在厕所抽烟，听隔壁班的人说，朱正买了个手机，两周前在寝室当着众人面给外校的女朋友打电话。我问后来还见没见过他用手机，人说就见过一次。

我无比兴奋，兴奋得像在芦苇丛中发现猎物的鬣狗，肾上腺素让后腿肌肉飞速颤抖。上课铃响，走回教室两百米，我强迫自己恢复平静，平静到比日常更加瘫软。我的眼睛一直在朱正身上。果然，朱正不时张望，用手摸自己的口袋，又不拿出来，仅仅确认这个东西是不是还在。我分析，人只在面对无比珍贵的物品时才会做出此类反应，比如爸妈从国外带回来的游戏机、限量球星卡，或者头次得到的金币巧克力——摸着摸着糊了一手一裤子——别问我怎么知道的。朱正某一次摸裤兜的时候发现我在盯着他，他神色惊慌，而我的心脏在我黑暗的胸腔里发光，舞蹈。我断定他兜里装着手机，偷来的手机。

下课铃响，我并不急于当众把小偷"就地正法"。下一节课，我继续盯他，继续让他发现我在盯他。这样一来，他内心有多少惶恐与疑惑！他可能在飞速思索，如何转移赃物，如何面对魔鬼般的我，如何跟所有人交代。可能另一方面，我也不敢出手去抓，我怕抓出来的不是手机。

这一节课之后，朱正消失了。他自己跑回寝室，等他再来到教室已经迟到。他这个动作更让我成竹在胸。从他打报告进教室到他走回座位，我盯着他的眼睛笑，意味深长地笑。他没有看我。

下午去上学，我还盯着他笑。第二节课间，朱正实在忍不住来找我，说你到底看着我笑啥。我说手机呢。朱正的脸垮了，十五岁的少年，那瞬间脸上的肌肉冲刷下来，好像要挣脱下颚骨掉到地上，再沿墙边流窜。他没有说话，他不必说话。我说："这样，手机在哪，你下午拿给我，我物归原主。这件事就算了，你知道，我不会告诉老师。"朱正垂着脸，愣神一分钟，说："我没法给你。"我抓起他的衣领，他轻得像一件T恤，我心想，终于能毫无顾虑打你一顿。他说："你打我也没法给你，手机卖掉了。"我手松开，说："少卖关子，你不怕我现在就把你拎班主任那去？"他说带我去那个店把手机买回来。

我心中铃声大作，送别同学母亲之后，已经很久没有理直气壮的逃课理由了。我说行，今天晚自习就走。不上课出校必然需要班主任批条子，我没有履行诺言，把事情跟班主任和盘托出。我看出班主任强迫自己平静，平静得比日常更加瘫软。因为朱正算半个他家孩子，他也算半个监护人。他没有多说，开了出门条，还给我十块钱车费，说先不要告诉同学们，注意安全。

我和朱正坐半小时的车去旧货店，非典时期的公交车无人。窗外的沙土闯进我的鼻腔，再钻到我嘴里，我觉得那是云的味道，天空的味道。

旧货店老板说手机已经处理掉了。问朱正："你爸怎么又反悔了呢？"朱正说谎说："噢，他觉得这个旧手机可以给我用。"我看着朱正说："回吧。"我没有丝毫遗憾，王雨下周还会有新的配饰，可能是板栗色头发或其他什么。我抓出小偷，理直气壮出来玩，用班主任多给的车费买烟抽，而朱正，小偷，恐怕得转学。回去路上，我跟朱正谈笑风生，他没有任何言语。

班主任再次了解来龙去脉之后，说谢谢我，继续嘱咐我不要声张。我点点头，叫了十几个人来听我绘声绘色地讲述。我告诉王雨，王雨说谢谢我，如果卖了的话，钱分我一半。

第二天有班会课，朱正嘴里神秘而威风凛凛的爸爸现身学校。我在班主任办公室见到他的时候，明显他已经洞悉一切。我心里挺慌的，按理说我是正义使者，我恐惧什么？我无法放松我自己。朱正爸爸确实有文身，在缺少食指的虎口上，有个硬币之类的东西，或许是颗痣。他看起来蛮寥落，头发像多日不洗般一绺绺的，灰西装不平整，白衬衫领口和袖口呈老豆腐颜色。他单手插兜，不像他儿子，希望所有人都知道他少一根食指。即便如此，当他丧气又惭愧地说谢谢我的时候，我听来还是像"你等着"。

我很尴尬，想回教室，待在人群之中，或者待在偏僻的地方。至于朱正，我居然没有想象中那样狂喜，甚至有些惭愧。那是我第一次知道，撕碎别人的尊严本身并不让人享受。

班主任终于来到教室，所有人等着他的嘴巴再把昨天我讲过的故事叙述一遍。他们还没有撕碎过别人的尊严，他们强忍兴奋，克制后腿发抖。班主任说："大家可能都听说了朱正的事情，我们首先谢谢一位热心同学，他帮朱正认识了错误。"此刻，我心绪从尴尬开始回暖。他接着说："据我调查，朱正确实偷拿了他爸爸的手机，而且还把手机卖给杂货铺。但确实没有证据证明那个手机是王雨丢失的。这件事到此为止，我希望大家不要再议论。下课。"

我很震惊，想找班主任重新捋捋。班主任宣判之时，朱正的座位空着。下课之后，朱正爸爸单手插袋，书包挂在他插袋的手臂上，他在帮他儿子收拾东西。再也无人见过朱正。

我久久想不通，虽然朱正没有亲口承认，我也没有追问，可事情进行得如此顺利。我认为我和朱正的一系列动作，都是在寻找王雨的手机，所有人都知道王雨丢了手机。疑惑让我内心沉重，沉重得像装着整座南山的落叶，还有日夜不停的春雨。

班主任拿人手短。我觉得正义被强力的谎言淹没，我要挑战班主任。当然，曾经的我不会冲动对朱正下手，自然也不会冲动挑衅他。直到中考前一模，我们班除了年级垫底，平均分再创新低。我从小语文好，写了一篇有理有据的文章，让所有同学签名，交给校长，要求换掉他。我成功了。

后来我们班大部分人，离中考前四十五天被遣散，理由是我们的存在影响其他七个班复习。最后留了十五个人，其中有我。据说是前班主任跟校长力争得来，因为我语文好，前班主任是语文老师。

那个手机，它应该是王雨的。我依然这么想。假设让我再次遇见班主任，我会告诉他我的报复吗？我只想待在偏僻的地方。

挨打

即便这件事千头万绪，浑人当前，这就是一条黑水翻涌，没有尽头的暗河。我决心不再思考事实，不再思考委屈。

上海的雨季跟上海的夏天一样长，4月开始，11月底结束。天空拉着雨丝，如珍珠项链般从天而坠，打在窗户上四散弹响。所以雨季我坐高铁回北京。我喜欢看坐飞机的发朋友圈骂天骂地，骂航空公司。人吃一堑长一堑，以及爱好幸灾乐祸，都无可救药。

高铁站面积大，人也多。站在二楼往下看，仿若浑浊鱼塘里长满浮藻。

飞机上睡觉，睡的是假觉，因为人缺氧，浑浑噩噩。高铁在平路上跑，摇摇晃晃，温柔乡摇篮里，大部分时间都能睡一路。突然我耳边一阵嚓嚓嚓嚓，偶有小雨滴落到脸上，醒了。旁边大婶拿个苹果，从左到右，转回来，从左到右，用门牙给苹果削皮。苹果像被啮齿目动物啃食过的月球，直到月球表面都是口水味。我瞪她好几眼，她一次也没有看到。

　　那天凌晨五点醒，腰酸背痛打寒战，本以为在高铁上睡太多，拿温度计测，发烧了。第二天一早叫个上门检测，如果是病毒就扛住，是细菌感染反倒好，家里还有头孢没吃完。三小时后，报告显示新冠阳性。我猛然想起，昨天落在我脸上的小雨点，有毒。

　　时隔两年，又遭了。我决定在家戴口罩睡沙发，队友一开始不忍，说要同吃同住。我说心意收到，但这病毒比普通感冒还是凶，浑身绵软肌肉痛，同床也无力欢喜。她翻白眼，说你的心意我也收到。端茶倒水不在话下。

　　生病的人爱分享病情，叫唤本质上无非是要关注求关心。这种电子关怀，如一杯水接一杯水倒下去，倒在艳阳下，茫茫沙漠中。大部分亲友第一反应是，现在咋还有阳？我妈说就是感冒，多喝水。我有点诧异，三年的日子是下雨天泥地里的脚印，深刻又黏稠，仿佛一辈子都擦不掉。可总是还要下雨，雨一来，又刷平了。

小时候大人说，发烧久了容易烧出幻觉，跟着幻觉说胡话。我很期待，如果孙悟空可以跑到我眼前来，大战葫芦娃，谁赢我就找谁学点法术，那烧高一些，烧久一些也无妨。可是我从未见过他们，发烧只让我想起一些往事。

这次我想起小学二年级的连环挨打事件。我从小身体好，得益于父母都是运动员，吃得多、跑得快、跳得高。每天睡醒感到浑身真气乱窜，发泄不完，就容易逗猫惹狗，跟男同学打架。

陈鑫是坐我前排的同学，身形瘦削，有点龅牙，所以看起来笑嘻嘻。他喜欢跟人讲小话，上课下课都讲。爸妈外出打工，平日里跟姥姥姥爷生活。班主任不喜欢他，这倒不完全因为他讲小话影响课堂秩序，是因为他喜欢讲八卦。比如我们班小张是班主任的女儿这事，就是陈鑫传播的。班主任私下跟我们开玩笑，让我们都少惹陈鑫，他姥姥是个"浑人"。

二年级学生的体育课毫无秩序，老师拿着哨子，如同指挥家拿着小棍，站在钱塘江边指挥潮汐。有人飞奔起来撞到我们班小胖子身上，小胖撞我，我从右边撞倒陈鑫。陈鑫应声倒地，捂住左臂哭。我说对不起，是别人撞我。老师拉他起来，一会儿也不哭了。

当天无事。第二天放学，浑人来了。老太太和陈鑫一样瘦削，稍有龅牙，但双颊下垂，像嘴里暗藏两颗棒棒糖。班主任把我留下来，问昨天我为什么撞陈鑫。我看着她，心说昨天跟你解释清楚了，我只是连环追尾的倒数第二环。我说是别人撞我。班主任说："陈鑫姥姥发现陈鑫的伤很严重，你自己看怎么办吧。"说完把头转开，玩指甲。意思是她惹不起，她躲了。这时候我妈来了，陈鑫姥姥突然抓起陈鑫胳膊，眼泪喷出来，说："你怎么那么狠心。亲同学啊，把他打得鲜血直流！"我妈忙说对不起，回家好好教育我。我看陈鑫手臂上没有血，有个地方红，中间凸起小白点，像打疫苗之后的伤口感染。

回家后，我爸不由分说，自然一顿暴揍。打完再解释。我说我是连环追尾，真不是故意的。很委屈，也好奇，为啥不能先解释再打？判刑也是先审再判的。那天晚上我翻来覆去睡不着，我看着天，夜色像棉被般包裹月亮，月光透过树枝照在地上，仿佛一只巨大的壁虎，在街道上闪烁穿行。

第二天上学，整天都很气。我不明白为什么班主任不帮我澄清，她是权威，她有责任捍卫事实。另一方面，她也只是打工人。浑人有浑人的法则，确实多说无益。

男生挨一顿，日常而无伤大雅，大家都翻篇了。我爸妈可能也这么想。陈鑫更不会跳出来帮我说话，他本来喜欢热闹，何况这次热闹因他而起，不仅是主角，还是受害者。当受害者背靠强权，那么受害便成为杀戮最正当的借口。

数学课上越想越气。浑身真气乱窜，我伸手照着陈鑫后脑勺扇去，手起时，震得我骨节发麻。接下来几节课，我站在班主任办公室门口。我很困，但呼吸顺畅，感到惩恶扬善的爽快。我站在那里等待浑人，等待我妈。就像牺牲者等待天明，刑场有紫色的牵牛花，风吹来，露水从花瓣滑向花心，带来远方的神谕。

浑人来了，在我妈面前哭，前仰后合地哭，指着我，说："你是杀人犯吗？你想杀死我们陈鑫吗？"陈鑫一面摸他姥姥的背，一面抽泣。班主任不看我们任何人，玩手指。我妈看他们越哭越凶，只好挥手甩我一耳光。他们逐渐缓和。我保证再不欺负陈鑫，方才放我回去。

到家，不由分说，先打再解释。那天我打定主意挨打也不哭，咬牙坚持。我爸打了一阵，看没哭，以为是裤子太厚吃劲，勒令我脱掉。重打一遍。

我说我还是委屈，为什么没有人在乎事实。我爸说："那你打人就不委屈了？"我想说对，但忍住了，没说。

我爸又说:"不管发生任何事,都不能动手。动手的下场就是回来先挨打。"我点头,说:"好,不打了。"这规矩是我奶奶定的,我爸小时候打架,我奶奶先打他。但这个规矩不合逻辑,且容易被人利用。我像个电池耗尽的毛绒玩具般躺在床上。不困,也只好睡去。

第二天上学路上,太阳炙烤公路,路面炙烤被压扁的死猫,使它看起来如一张干脆的烧饼。即便这件事千头万绪,浑人当前,这就是一条黑水翻涌、没有尽头的暗河。我决心不再思考事实,不再思考委屈。

两天没睡好,以至于我在下午最后一节课昏睡过去。梦到学校开运动会,我正在比赛跳远。跨步,加速,冲刺,踩到踏板那瞬间,一声轰响,陈鑫连着他的椅子被我踹翻在地。

羽毛不再划过手掌心

小时候我们觉得时间过得很慢，我们的触觉太灵敏，时间每过一秒，就像羽毛划过手掌心一次。三十岁以后，当我们还在早晨的困倦之中，抬头已到晚饭时间。

我脚趾 9 月骨折之前，都没有穿红内裤。按我们老家的说法，本命年的红内裤应该由家里辈分最大的人买给小辈。奶奶花大价钱给我买了三条棉的，可是我只穿布的。

那天拿到 X 光片之后，我一面想，本命年，就这，一面买了五条红内裤。可是过期的爱与尊重，和过期的牛奶一样，都只会给人带来厄运。

脚趾四周以后就好得差不多了，我有经验，毕竟我的左脚骨折过三次，其中两次恰好在本命年。普通骨折算非常恰当的伤痛，严重到吸引足量关爱，恢复好后无损功能。不像上一次本命年，在三里屯优衣库对面走路不看路，撞破头，血顺着指缝流一脸。那里人多，眼睛都在我脸上，找不好姿势，装不了洒脱。

朝阳医院急诊的医生身后跟群实习生，问我，坐着缝还是躺着缝。被人看着，会产生愚勇，我说坐着直接来。打麻药的时候，咬咬牙。第一针缝下去，血流到我右脸上，我背脊汗湿衣服。第二针下去，血流到我左眉骨，再淌到地面。我看着血在地上绽开，开得越来越大，大到像一朵大丽花，它吐出舌头伸向我的眼。以头抢地之前，几个实习生接住了我。

头顶缝针要戴网，白色网子很紧，我的肩顶着我的脸，就像印度人在菜市场买了扎网的红烧肘子，顶回家去。第二天上班，电梯门开碰到同事，问我是不是跟人打架了。我灵机一动，旋即说是。

我想，厄运之后跟着好运，好运之后跟着厄运。日子从来都是这样接踵而至的。能力更强一些的人，他们会创造，让好日子比坏日子更长一些。所以我决定创造。

我爸的车开了很多年，想换车。我觉得他看上的那些车都不如我的车，我让他把我的车拿去开，它不旧，我自己换个小车。他表示犹豫之后，欣然接受。

我们在水里，在人海中。人海中的部分人因为懦弱而变得猥琐、算计、不诚实，所以游泳的时候人要憋气。生活不会永远憋气，你抬头的地方，叫作远方。他退休了，不在人海中了，但还是喜欢去远方，开长途。非要来北京自己把车开回去。那必然我妈也来。

我独立比较早，没有大规模啃老过。这次为爸妈回馈点啥，发现自我感觉良好。我妈说，来都来了，去做个体检。她肺部有个良性结节，面积偏大。我想，来都来了，我给你找个专家。

号称北京一号的肺病专家，给出诊断：强烈怀疑恶性肿瘤。换医院，中日友好的专家说，强烈怀疑是良性肿瘤，但面积过大。矛盾的诊断之中有一个共识——切。我妈形容自己是个乐观的人，乐观很多时候意味着拥有蔑视困境的能力，而困境通常不会因为蔑视而消失。她想了一晚上，决定开车出去玩，一路玩一路回重庆。我说我尊重她的决定。

我从医院停车场出来，看到地上有一片枯叶被风卷起，在十厘米高的地方滚了半圈落下，那是我叹息的气流。

他们玩得也快，三天到家。第五天，我妈给我打了个电话，说她要回北京切掉。如果不切的话，她睡不着觉。我爸说，那天到家开始，她一直看短视频，上面有无数的医生，无数的说法。看到说肺结节不用切的，就睡一会儿。惊醒起来，又翻找说必须切的。困得不行了，再去找说不用切的。短视频何其兴盛，连中日友好医院的医生都有短视频KPI，她看十天十夜也看不完。

陪她手术那天，我和我爸在手术室门口等她，医生说，如果切除过程中发现是恶性肿瘤，会让我爸第二次签字，切淋巴组织。手术大概三个小时，这个过程我爸很紧张，身边有人被叫去签字，有人被叫去看一眼切掉的肿瘤。仿佛被狂轰滥炸的战壕里，旁边不断有人随机中弹。显示屏上显示手术结束，我爸说，看来是没事。

好在我妈运动员出身，第二天看起来就恢复了神采。一个月复诊拆线之后，拿活检报告，良性。我带我妈去她最爱的餐厅吃饭，她又说，早知道是良性，就不切。我看眼手机，已经12月，本命年是不是也差不多了。

两周以后，我好像又要重新一个人生活。

这一年也参加了不少谈话内容极差的聚会，它们乍一看也是流光溢彩的。我大部分时候一言不发，像餐桌转盘上那只雕得像鸡的假凤凰。这些日常的哀怨，与波折，无非是错位导致的。行业的夕阳，被那些不合时宜的人当作曙光。他们像蟑螂，蟑螂对于光太过陌生。有雄心的人会忍耐。一旦说起忍耐，那必然是泔水般的东西。另外的人只想做个体面的漂亮人，所以他输得起的东西就多。和生老病死比起来，这些都不值一提。

小时候我们觉得时间过得很慢，我们的触觉太灵敏，时间每过一秒，就像羽毛划过手掌心一次。三十岁以后，当我们还在早晨的困倦之中，抬头已到晚饭时间。

衰老才是生活最大的绊脚石。就像磨损的年迈牙齿嚼牛肉，使劲也没有用。但我们还是要使劲。希望就像玩具枪打出来的泡沫，轻盈、飘逸、闪烁光彩，不一会儿就破。新年意味着过去的过去了，泡沫总会不断地冒出来。

父亲节，母亲节

人只有丰富之后，才有机会允许别人做别人。

天将黑未黑，车灯亮起来。天光还在，灰扑扑的云排在桥后面，像受潮拱起的白墙，恰好，你鼻子里都是发霉的味道。桥下面是河，桥上面堵车，车里坐着骂别人不会开车的人。这是重庆，看起来暧昧的神秘之地，你想探索，发现仅此而已。

此刻我是儿子，给我妈过生日。我爸妈是高中同学，他俩生日相差两个月，今年都六十岁。据说这是我妈今年第三次庆祝生日，每次都有花束与蛋糕，我爸当了三次同喜的陪客。在川渝地区，耙耳朵是一种生活方式。

这个包房巨大奢华，我妈走进去之后说，完全没必要铺张浪费。说完端着手机录视频，缓慢地原地旋转，嘴上说在某某酒店，这是儿子帮她过生日。她可能要发给谁，某个微信群，或者自己留着，无意间给老年大学的同学看看。

我不喜欢重庆，过去十几年间，我讲述过它无穷多的缺点。特别在它成为旅游城市，被更多人喜欢之后，讲述变成争论。后来发现，我可能只是不喜欢做儿子。回到这里，我主要是个儿子。

去到这间巨大奢华的包房之前，我和爸妈在家里聊了四个小时天——我的意思是，我自己觉得我算个了不起的人呢——有几个远离家乡的人，可以和自己父母聊天长达四小时？

那天中午我们吃江湖菜。菜很辣，我平日几乎不吃辣。但我奋力吃了不少，一方面我撸铁，需要蛋白质，更重要是如果吃得少，容易引起过度关心。到家后我很撑，而我妈一直在喂我。葡萄、草莓、樱桃、坚果，在她心里，儿子好不容易回来一次，回来就几个小时，内容要填满。实际上两周前我们在北京见过。

正因为这种汹涌、鞭长莫及的情绪，所以我们的聊天内容也总是具体而汹涌。我喜欢提问，问他们单位那些别人家的孩子近况如何。回答一点，我追问一点。分析每一个人的性格，为什么好为什么坏。因为共同表扬别人，特别是共同（背地里）批评别人，可以瞬间形成同盟情怀。这样一来，炮火纷飞，时光如歌。更重要的，还能从世俗意义上显出我的好来。毕竟啃老、躺平的也不在少数。

可时间太长，或者如此雕虫小技，抵不过大爱真情。我妈突然说我工作这么多年也什么都没留下。我说她这是农耕文明的思想。我们都一样活着，我的生活丰富多彩，为什么非要弄点什么东西剩下？她说担心我老了都没地方住。我说那我买一个。我妈说我这点钱买个厕所差不多。我说买个重庆的。这时候我爸说，重庆的房子别买，买了砸手上。我妈说对对对，我那么不喜欢重庆，买重庆的干啥。我说那我买成都的。我妈说我没资格，还是要想在北京买。我说我刚换工作，在北京也没资格。她说八年前就让我办北京工作居住证。我说办了钱也不够啊。我妈说所以才要好好规划。我说好好好，我今年就发大财。边说边往厕所走。心里面响起一首歌，"我要，这铁棒有何用；我要，这变化又如何"。

在厕所，我想起我妈看了好多书。小时候，我看他们的《收获》《十月》。后来自己做了文艺青年，我妈把我留在家里的《丰饶之海》《羞耻》《约翰·克利斯朵夫》之类通通看完，还写读书笔记。我一厢情愿，认为这是她潜意识尝试理解我的方式。自作多情最伤人，你当人是朋友，但别人没有；或者，你认为别人为你做了什么，其实别人只是消遣。当然，还有一种可能，你站在对岸，来找你的人跳下去了，他不会游泳。

从厕所出来，我屁股离沙发还有三十厘米的时候，我妈问："你还结婚吗？"我说："妈，你是不是想做一个游戏。就是把你的脑子装进我的身体里面，过两周我的生活。"

就在此时，我妈哭了。那种转折之快，快到像被一块石头砸中鼻梁，舌头先尝到咸味，鼻子隐隐血腥，泪眼模糊，温热液体从山根飞流直下，才感到头晕目眩。快到，我脸上的肌肉来不及逮捕我嘴角的笑意。

她情绪激动，说："我是你妈，我怎么不去关心别人呢？！你是我儿子我才说！"我让她别激动，过生日哭什么。我爸在旁边坦然微笑，似乎对这种场面习以为常。他想转移话题，说："你现在写稿进步了一些，以前完全就是应付。"我不认可他的说法，我也不知道我是不是不认可，但好像效果不错。我妈说对，比以前细腻很多。我说是吧，我也这么觉得。

我是个儿子，不仅仅是他们的儿子，还是重庆儿子。君臣父子。争论需要两张嘴，如果其中一张嘴决定闭嘴，争论就结束了。

人只有丰富之后，才有机会允许别人做别人。爸妈年少看《收获》的时候，他们的心也在奔袭。就像我们看着马斯克的第一艘火箭变成烟花，但我们还是很好奇火星长什么样，想去火星看看，那里的天边有没有挂着四个太阳。

但他们生活在那里，那里只有一条轨道。他们的生活像固定地铁，车在两个终点之间来回冲刺。上车下车的来往乘客也只是那几个。

回重庆，比回家更害怕聚会。人多的聚会，仿佛早晨八点的电钻声，人在电钻声里感到孤独。

不知道哪一年起，我在重庆只住酒店。我的朋友，那个淄博人，在我的激励下，今年过年也出去住酒店了。除夕夜九点半，万家灯火。我拍了自己的脚和酒店合影，他拍了自己的包和酒店合影，互道一声，吃药，睡。

被故乡开除的人

吃顿饭，户口被吊销了。

北京的春日最遭人嫌弃。风像被吹胀又猛然漏气的气球，在半空中胡乱冲撞。乱风变成柳絮和尘土的列车，卷起它们，卷起许多热气，照着人的眼睛里面撞，而后撒得遍地都是。苹果公司的广告牌在春风中换上新台词。从"强得很"变成"出片出大片"，一个月后，换成"玩大玩超大"。不由得让人怀疑，写文案的老师出身非遗世家——"磨刀磨剪刀"。

我家楼下有一条河，跟北京大部分护城河一样没有名字。据说从前年起，有人给它起名"望京目黑川"。生活的意义就是寻找意义。如果找不到，那就生造。这条河两岸种了大概两百棵海棠树，海棠花开的时候，每天来五千人，一棵树接待二十五人。树有生命，不似广场上被摸得发亮的铜像，它们不耐烦，厌烦蝗虫般流窜的热情，两周便尽数凋零。河面本身不流动，此刻更像生一场大病，白花瓣铺在河面上，仿佛血管铺满油脂，彻底梗死。湖面上有个女人玩桨板，她穿紧身瑜伽服，半跪，每划一桨都向两岸打量。错过花期的游客，比花开时候更多。来都来了，不如拍一场桨板女孩的雪花秀。

最近看到杜拉斯 1985 年接受的采访，她说，21 世纪不会再有人阅读，人们会被信息淹没，关于健康、收入、消费。人们不会再旅行，因为旅行可以通过视频满足。旅行的意义除了观看，更重要的是生活。

五一长假我回重庆，完全陌生的网红城市。

以前有人问：你们重庆人每天都吃那么油那么辣？我说不是，重庆人一半在家吃饭，一半在外面吃。在外面吃如果都是你们想象中的辣度，那么重庆街边最多的不应该是火锅店，而是肛肠医院。这次回去吃鸡火锅，我向服务员要碗热水涮着吃。服务员因为我说重庆话，先劝我不用涮，后来扛不住拿热水扔我面前，路过我旁边就说一次"你看人家女的 / 外地人 / 小朋友都比你能吃辣"，还对着同桌的外地人不断强调，这人不代表重庆。吃顿饭，户口被吊销了。

重庆越火，食物越辣，以至于本人身为重庆人，回重庆只能吃泰国菜。很难分辨这种无极限的辣度追求，跟社交媒体对川菜的误解有多大关系。我问过长沙朋友，著名的"一盏灯"近年来也越来越辣。

这可能和虚荣心有关，人慕强，一群人组成一座城。城要拥有特征，重庆的特征是食物，食物的特征是辣。既然辣，就辣出风格，辣出水平，辣者成王。游客千里而来，挑战王权，辣妹子势必辣死你们。很多时候人蔑视别人的虚荣心，认为它幼稚，毫无价值。后来再想，自己也有虚荣心，只是自己虚荣的地方和别人不一样——有人想壮，有人想瘦，有人想睿智，何必分个高低。

吃热水涮鸡的地方叫李子坝，李子坝现在也是网红景点。那里可以看到轻轨穿过居民楼，全国人民都飞到李子坝来看它。我总是想，这栋居民楼的住户到底喜不喜欢游客，喜不喜欢轻轨从自家房子中间穿过？或许一开始不喜欢，看的人多，慢慢也就喜欢起来。

重庆有个地方叫洪崖洞，那是一群仿古吊脚楼，修在江边。不知哪天起，有人在网上说它代表重庆，重庆就被它标记下来。但凡黄金周，网上就会说那里又来了一亿人。大家都要和它合影，楼下站不下人，就站到江对面江滩上。江滩站满，就站到桥上去。桥上人多，重庆就把桥封掉，人人宾至如归。

出游的意义就是要拍下来，以便炫耀，以便记忆，飞快遗忘。原来那些喜欢用记事本的人，往往事无巨细地写，就像今天事无巨细地拍。合上本子那刻，发送社交媒体那刻，世界合上了。脑子又如洗涤剂泡洗过的白萝卜，洁净如新，带着天真无邪的水汽。

我对洪崖洞、食物和李子坝都没有太多记忆。白象街曾经是我姑姑的家，姑姑在我半梦半醒间喂我吃过温热的黄油蛋糕。现在的白象街小区楼顶上站满游客，他们像淘金客般蜂拥而至。天台上晒着邻居的内衣和红色秋裤，它们被拥挤的人头蹭来蹭去。

那天傍晚，队友说去江边走走消食。我们沿着北滨路往东走，街边烧烤炉子里炭火正旺，火苗燎起动物油脂的火气，编织嘉陵江水的泥沙味，长在半空的榕树根香气，从鼻腔灌入，直冲扁桃体，让人脑遭遇一场生活的风暴。

我说重庆可能没有那么多值得游玩的地方，但这条江总是动人的。外公生前说，他最大的爱好就是在江边遛弯。他从朝鲜打仗回来，分配到矿井当会计。那时候没有富人，也没有穷人。家里娃多的就是穷人。外公喜欢打牌，爱唱歌，擅长吹口琴。他翘班去钓鱼，时常爬到田坎边抓青蛙，捉黄鳝，所以四个娃都长得威武雄壮。生活最大的困境从来不是工作与贫穷，是无聊。他无愧于生活。

他有多喜欢这条江呢？他说想做一棵树，每天能看到江，江能看到他。

第二部

每座城市都是一座迷宫

跟胡说八道的人拼了

肯定改不坏，还不如继续做个好人。

电梯上，一位年轻妈妈拉着女儿手说："你要记得，这个世界上有很多很多的秘密，你可以和爸爸有个秘密，和同学有个秘密，但是妈妈是你唯一不能有秘密的人哦。"

女儿戴着儿童视力矫正眼镜，眼睛被远光镜片映得特别大，显得出奇天真无辜，她说："那我跟奶奶可不可以有秘密呢？"电梯里人不少，漂亮妈妈脸上一紧，说不管是谁都可以，但必须回来跟妈妈分享。大眼睛继续问："可是为什么我答应了人家的事，必须告诉你呀？"妈妈感到必须结束这个丢人的话题，回家再收拾大眼睛，随口应了一句："那你也可以写到日记本里。"

这样的情节，每时每刻都在复刻，十岁的孩子已经不是傻子，大人却总觉得他们就是傻子。好的，女儿心想，既然如此，我就装傻，不然怎么结束这个尴尬的说教呢？你可能会胡说八道一晚上，说得好像你自己都相信了，我还不信似的。我写进日记本，放在你知道的那个地方，你去看就好了。

当然更多的时候，小孩子其实在想，妈妈，要不是打不过你，我肯定跟你拼了。

后来大家都长大了，发现小时候的我们变了，和你一起长成大人的同龄人开始胡说八道。

比如我有一个朋友，通常用这样的语气开头，后面接的都是声名显赫的名字——电影明星啦，福布斯富豪或者富豪的什么人啦。这样的故事往往更加引人入胜。遗憾的是，我的这个朋友真的就是个普通人。她还没有出月子就开始工作，因为她害怕她的职位被人替代。这一个工作狂，也有讨厌工作的时候。因为她的老板更加热爱工作，每当她想休假，她的老板总会先预感到这件事，并在开大会的时候跟所有人说："你们看看我，月子没坐完就开始工作到没有周末。"好了，没有人敢提休假了。

年末，老板要当众讲PPT，又怕讲不好，就让好几个员工陪着改PPT，改一个通宵。身边有种人，他们用盲目勤奋填补自己的无能，好像通宵有魔法，熬过去，这个PPT就会变得文采飞扬。人家连家里吃奶的孩子都不顾，你凭什么要抱怨。可是，常常，她约了一个早上八点半的会，大家肯定都不迟到，这时老板通常会因为孩子要吃奶迟到一小时。

说起来还是老板的小孩厉害，在那些间隙或偶尔常常的时刻，她跟她妈拼了，拼下了一口随机奶，而我的朋友和她的同事们，只能心想，要不是我家孩子还要一口奶喝，我就和你拼了。

世界上有一句俗话，能力越大责任越大。以上两件小事，可能连恶都称不上，只是自私自利的鸡贼。马云说"996"是人的福报，你的妻子、孩子、父母突然有一天会猛然发现你爱工作，有理想，他们会感到欣慰。

"福报"这个词充满禅意，禅意味着深意和神秘，深意为高，神秘为不可言说；另一方面，家庭责任在人类社会永远都是正义的、伟大的、毋庸置疑的。你是不是觉得被马老师占点便宜，变成光荣理想的成本了。

是的，伟大的盖茨和乔布斯改变世界，他们让信息流通变得风驰电掣，极具效率。马老师利用效率，做出千亿公司，名垂青史。我们，拿着不多不少的薪水，心想，要不是期权还差两年到期，就和他们拼了。

某天，我另一个朋友事业受挫，我和他在湖边有一搭没一搭地聊着。我说他是个体面人，千万别想不开。

他说，他怀疑自己做人有问题，是不是很多时候应该更坏、更狠、更胡说八道一点。我说都四十多岁了，改肯定改不坏，还不如继续做个好人。我们没有乔布斯的本事，没有改变世界的效率。但我们要一直站在战场上，跟胡说八道的坏人拼了。

"我这几年都在股市抄底"

游戏有输有赢，上桌目标就是赢。

换季很讨厌，作为一个胃溃疡患者，换季时节吃完饭就开始反酸，喉咙根仿佛卡了一块木炭，烧得通红。

好在心绪稳定，失眠从一周七天，变成隔天。有时候人躺在床上，好比把黄油铺在刚出炉的面包上，不消几秒钟便融化成液体，流入梦乡。有时候吃药也睡不着。本来飞机发动机响，对我就算催眠师的响指。失眠那天，响指一弹，睡了。但梦和世界之间只有一层宣纸，除了眼睛，鼻子能闻味，耳朵听声，皮肤知冷暖。哪怕空姐走路卷起点风，也能把宣纸吹个大洞。

有个朋友，失眠和胃溃疡都比我严重。但他和大部分男的不一样。男的有个头疼脑热，势必叫唤，吓得伴侣像怜悯绝症病人一般爱护他。女性普遍更坚强，只要行动自如，咬咬牙就过去了。他睡不着就吃三倍药，一边揉胃一边还喝咖啡，说喝的是热咖啡。我本来以为他是勇敢，后来发现可能只是身边没人。

另一个朋友也在换季。他来北京出差，吃饭的时候，我发现他哈欠连天。我说他这几天是熬夜看股票了。他说股市晚上不开门。我说他真炒股，这几天怕不是发了大财。他说这几年都在抄底。说完举起烟抽一口，又抽了一口，说，还差一百五十万就回本了。

他 2020 年开始炒股，因为当时赚了一笔快钱，大概三十万。恰巧，他听说同行业有个人的老公是金融从业人员，这个老公有天豪掷一百万买宁德时代，几年间魔术般变成两千万。夫妻俩从此退休。两千万的故事就像池塘里的传说，一条鲤鱼吃了游客投喂的面包，长成大胖子，二十公里外的草鱼游过来，面包没吃上，反倒瘦了一斤半。他把三十万扔进去，三四个月亏成十万。

心态好的人，快钱来得快去得快，亏了撤出来，还当赚十万。换我，要么买块劳力士，要么买三件羊绒大衣。朋友说，我这叫没有理财意识。

他又往里投了四十多万，抄其他股票的底，说这叫补仓。当市场回暖，十万变三十万很难，五十万变八十万，变一百万，变两百万，都很容易。我说还是他有底气，总能赚快钱。他说："不，这钱是我妈买骗子养老理财的钱。她买的那种保险，八十五岁以后才能返钱，你说是不是骗子？我去帮她要回来，属于无中生有。所以我没还她，她也没问，放进去，实在是亏了，我也没有压力。"

这让我想起另一个赌徒，那人是我发小。发小在重庆融资一百万，选址背阴街道，开家西餐厅，他希望有一天餐厅的人均消费可以达到两百元。天时地利人和，他好像交了一张白卷。三个月烧光融来的钱，按理说，转身离开，也算花别人钱买了自己的故事。这三个月，被员工喊老总，作为时髦餐厅老板接受自媒体采访，拿起酒杯跟客人寒暄，他上瘾了。此前，他一直在打工，干那些他自己看不上的工作。生活就是我们自己演自己。当配角的时候梦想当主角，演过主角，打死也再不愿当配角。

我在旁边看，想劝，但深知劝告一方面无用，另一方面又残忍。他说："你看过吃过精彩过，我也要燃烧一次。"他爸给他买了房子，他拿房子去贷款四十万。这次更快，两个月亏干净。

游戏有输有赢，上桌目标就是赢。后来我发现，对于上桌立马输干净的人，第一反应是想翻身。再输，想回本就收。继续输，以至于被赶下桌。这时候目标变了，从要赢，变成不要赶我下桌。

哈欠连天的朋友突然说："不对，从本金来说，应该还有九十万回本，一百五十万是把曾经高涨但没卖的数字算进去了。可能我还加上了每年年化 3.5% 的利息。"那四十多万投进去之后，很快又变成二十多万。他那时候什么活都不干，因为工资每个月两万多，在股市的波动面前微不足道。

我们有几年没见了，坐在三环边的酒店大堂聊往事，下午不堵车，三环路上车奔跑起来，像洪水漫灌的河。洪水漫灌，奔腾汹涌，但洪水总会消退。

所有这些事，这天以前无人知晓。他父母、老婆、小孩在他脸上看不到任何异样。这些事变成他心里的伤，伤了结疤，疤掉留痕。伤痕又变成人心上的锁，锁多了，心越沉。最惨的时候，他坐在马路牙子上，看快递员和外卖小哥在街上穿梭，跑一单五块，跑两单十块，心想，从今往后要踏踏实实过生活。

感同身受。因为个人生活变故，我也曾一文不名，甚至欠债。钱还好，但凡饿不死，我都觉得自己是有钱人。失败让人感到虚无，想逃离，虚无和空气一样大，人逃不过空气。遗忘也不易，那些你以为忘掉的日子，偶尔又犹如水黾划过湖面般，似有似无。

我问，那后来全部割掉离场了吗？他说："我把老家房子卖了四十万，补仓，这次肯定能回本。"

海浪在立春那天越狱

　　孤独是生活的寄生虫，它也有颗雷达。和边境线上的雷达同样，不舍昼夜，抓取一切让自己更强大的证据。

　　春天总是被雨带来的。海南的春天来得比其他地方早，那场大雨1月底就来了。暴雨突袭的时候，街上打伞的人不多，卖伞的人还来不及出现。极少数随身带伞的，从容地走，脚下节奏傲慢。有人着急，用手捂头奔跑。捂着头发也会湿透，不如把手放下来，跑得更快。狼狈的淋雨人遭人嘲笑，而打伞的人错过了一场回忆。

　　从未在雨天见过被浇透的蝴蝶，老天爷既然选择它们作为优雅使者，势必也分配一颗雷达，助它们穿越滂沱。

我还是失眠。失眠的时候，我感到灵魂仿佛一件被热水水洗过的羊绒衫。它变得极其狭小而紧绷。我的舌头、心脏、肌肉、骨骼，被这件羊绒衫套住，越勒越紧。疲劳越来越重，头脑清醒，耳畔有枕头上灰尘跳跃的声音。

并无值得一说的厄运发生。每天定时起床，吃早饭，撸铁，外出工作，花好几个小时在网上看衣服（也算正经工作），睡前写一点句子。时间太多，多到我时常拿起粘毛器，来回滚我的餐桌。滚完再把脚边的地面滚一遍。除了喜欢洗手，我没有洁癖。

有天朋友给我一本书，书名叫《孤星之旅》。刚拿到我觉得很晦气，压根不想翻开。后来一琢磨，书是苏轼传记，孤星是苏轼，孤星也是我？这隐晦、巧妙、喜气洋洋的马屁，拍得响亮。

孤独是生活的寄生虫，它也有颗雷达。和边境线上的雷达同样，不舍昼夜，抓取一切让自己更强大的证据。

在春天彻底来临之前，郑钦文打入澳网决赛。据说她能拿到八百多万人民币奖金，奖金数和男选手一样。女性主义的讨论越来越多，这是好事——而这个世界上最好就是网球四大满贯，同工同酬——实在的扭转，由欧洲人民一浪高过一浪的讨论冲刷出来。

有人问，如果你女朋友穿着暴露，你怎么想？我说必须支持。就像我们每个人都喜欢高谈阔论，炫耀文采，展示成就。男的练完肌肉发朋友圈也是一样。它们都是社会性的、向上的、美好的愿望。

我也想炫耀健身成果，一方面又常常表示自己很低调。所以我决定每年大年初一发一张，一小时后删，以示纠结。还是因为失眠，今年九点就发了。本想一小时删，数了数，点赞太少，缓一小时吧。结果，我决定明年十二点再发。

在春天彻底来临之前，我决定先开车回重庆，再飞海南跟父母过年。我发小也爱开车，可惜他去年因为事业波折失去了他的车。他飞来北京，和我一起开回去。路上，幸好他没有再次提出让我从事业上帮助他。他曾提过多次，我拒绝多次。

途经河南时，天降暴雪。拇指大的雪片从天上落下来，又被车流卷起，旋转，飘忽四散。路两旁枯枝雪白。高速公路左上方有一座桥，白色列车在白色的桥上打着拍子，悠然划过。一切都像逼真的翻糖蛋糕，有人正拿漏勺抖洒糖霜。

后来我们路过陕西安康，那里二十多摄氏度，接近四川的地方，四季常青。休息区超市门口站着一对年轻情侣。女孩被她相貌平平的男朋友看了一眼，男孩眼中有火，野火燎原。她像一块瞬间融化的黄油，挂裹到男孩身上。

除夕前夜，一个人在海边，心里装些事，听海浪拍岸。海浪比秒针慢，冲上来，退下去。雾气是趁夜越狱的海水，昏黄灯光下，水雾弥散。水雾又像一盏面纱，罩住彷徨之心。

我很想放烟火，但不知道去哪里买。望着半空的烟火，想，明年我要找到卖烟火的，装满车子后备箱。穿工装裤，羽绒服，把那些小小的烟火塞满所有口袋。最好旁边有个人，一路走，一路放。碰见小孩想要，就随手抓一把给他。

大年初三我开车一路向北，回到北京和孤独中去。第一天夜里到西安，西安没有雨雪，我在那里看到了蝴蝶。

自驾那一条漫漫长路，音乐像路上的伙伴。它说等一等，再等一等，直到麻雀飞舞，树叶腐败，南方的无花果树探过墙头，春天就在门外。

每座城市都是一个迷宫

海明威说，巴黎是一场流动的盛宴。如果你年轻时有幸在巴黎居住，那么巴黎将伴你一生。

1

跨年那天很冷，有人放鞭炮。我感到一只壁虎爬进我的胃里，它被困在迷宫一样的肠道之中，它来回翻腾，寻找出口。我就是那只壁虎。我从上一个迷宫进入另一个迷宫。搬好家，坐在沙发上，肠胃翻腾。我发现新屋子好大，盘旋着，越来越大，大到连安静都发生了回响。我越来越小，再不起身，沙发上的针织洞口就会把我吸进棉花里面。

上次产生这种幻觉，是我在上一个迷宫之中。那天晚上，我决定和那个不放我走的人分手。我夜里一点钟吃安眠药，安眠药有效时间是五小时，当我醒来，她正在酣睡。我来来回回搬好行李，把哑铃放到车上，总共花费三刻钟，她正在酣睡。我跟人讲起过这个故事，他们说这是个鬼故事，我是鬼。

时间正好晚上十一点半，导航显示十八分钟可以到达五道口。我穿羽绒服，戴上帽子开车出门，车还有甲醛味（我知道甲醛无色无味），所以窗户全开狂奔。五道口的年轻男女三五成群，站在路边聊天。没有钟声，没有烟火，没有圣诞老人，他们和二十年前的我一样，仅仅就是心中有火，火力壮。带着艳遇的期盼出门，今天落空，下次会有。零点那一刻，我在心里祝他们丰富，万事如意，新年依然火力壮。因为这一切都很艰难，不容易。从未有人祝你吃了睡睡了吃，祝你八十岁拥有十八岁的智慧，祝你生在这里死在这里。

我在零下十度的地方，在朋友圈发了一张战报，生意还不错。毕竟大家都在秀恩爱。

2

海德公园里面的黑天鹅也追着人要面包吃，当时感到这是一场梦。我以为只有峨眉山的猴子才如此不要脸，英国的天鹅应该浓眉大眼，目不斜视，实在不小心四目相对，会笑笑，说 sorry。梦会醒，现实不会。黑天鹅眼里只有面包。

去伦敦以前我看了很多短视频，说英国人民水深火热，没有暖气，通胀严重，蔬菜缺乏，只能吃萝卜和土豆，印度人都当首相了。看一眼旅行软件，瑰丽酒店要八千人民币一晚，2019 年我订的时候才三千出头。

酒店外有人喧哗，一辆敞篷公交车坐满挥舞阿根廷国旗的人。有人举着仿制的大力神杯，齐声喊"阿根廷阿根廷阿根廷，梅西梅西梅西"。当时，世界杯已经过去四个月，马岛战争过去四十一年，大力神杯回到了足球的家乡，由阿根廷人保管炫耀。路上无人搭理他们，没人扔鸡蛋，连拍照的也没有。

从酒店一路走到唐人街，一点五公里。从唐人街继续往前两公里，经过三家炸鱼薯条店，是塞尔福里奇百货。到夏天，那里还有打三折的意大利西装可以捡漏。一会儿下雨一会儿晴，无人打伞。英国男子多秃顶，不知和淋雨有多少关系。

除了酒店贵，伦敦一切都没有变。是我变了。三年不出门，让我有点愚钝。愚钝它不是一种病，它是病后的痕迹。是人脸上的痘印，肚皮上开刀后留下的肉虫子。你以为好了，可别人都看得见。

3

从机场到美利亚酒店大概花了一个半小时。司机是天津人，你让天津人说话不搞笑，就像让意大利人说话不带手势一样难受。他说我要住的酒店最大的优点是离圣西罗球场近。一点八公里，走路四十分钟，其中需要留二十分钟用来跟抢东西的人搏斗。

作为一个三十年的 AC 米兰球迷，居然近乡情怯，莫名想着下次再去吧。我不见山，山自见我。那天下午去健身房，碰上了 AC 米兰全队二十三人。我理应冲动举起手机跟他们合影，可是就跟小时候你喜欢一个姑娘那样——要么扯人头发，要么目不斜视，把小鹿乱撞表演成孤傲。我孤傲，从他们中间漫步穿过。

回房间，房门关上那一瞬，我在床上滑跪，双手舞动，脖子青筋毕现。在阳光充裕的地方，阳光本身是遭到忽视的。但如果它通过百叶窗或者树林照射进屋来，人才觉得阳光美好。我瘫倒在床，阳光阴影跳跃。我感到一种甜蜜，被命运之神亲吻额头的瘫软。

我打车去城中心买手店，并没有去大教堂。我不爱热闹，不想拍照。照片只是历史的一些碎片，而生活是条河。河向哪里流动？它只向前方流动。

在酒店旁边的林荫路上，我想，欧洲之所以迷人，可能仅仅因为人少。人少就不拥挤，每一条路都是你的路，而我们人多。我们的生活又像拉紧的弦，有声响，也容易崩坏。欧洲好似晒在人臂弯的阳光，那种温暖，像一只猫蜷住你的手臂睡午觉。

4

我在上海，每天的早饭都不重样，蟹粉小笼我吃四家，温州粉干三家，锅贴生煎三家。在北京，我每天吃西部马华拉面。

海明威说，巴黎是一场流动的盛宴。如果你年轻时有幸在巴黎居住，那么巴黎将伴你一生。

我想把这段话里的"巴黎"替换成"上海"。

我在上海工作，在上海生活，在上海交朋友，在上海思索。前几个月我在上海跟人聊天，讲起在短视频平台上看到一件事。女博主直播卖生发剂，为证明自家产品疗效好，她把生发剂涂在额头上。她的额头全是毛，发际线和眉毛连成一块毛毯。我想起余华在《兄弟》里的男二号宋钢。一个男人，在海南街头，为了证实自己兜售的丰胸霜有效，做假体丰胸手术，拉开衣领给来往路人看。

这种故事在上海讲起来，大家笑笑，笑完都叹口气。在别的城市讲，讲完大家笑笑，说这是个风口，我们抓住它。上海就是这样细腻而复杂，我喜欢这种复杂，也想捍卫复杂。我们从小追问，什么是对，什么是错。到八十岁的时候依然没有停止。这就是生活，只有追问是永恒的。

上海，总有机会，待我们讲了又讲。

盛夏海岸线

人的生活是由追求幸福和追求痛苦共同组成的，大部分人只被告知要追求幸福。

中国最正宗的叻沙面在上海，它藏在半岛酒店的房间送餐菜单里。味觉也是人神经上的刺青，它让我想起吉隆坡，想起小岛，想起海边。

那位马来西亚朋友是我当时的同事。他提议，我们的小规模团建干脆去马来西亚，他大学时买了一座小岛。那里只有一家餐厅，二十个小木屋。小木屋旁边长着龙宫果树，山坡上有椰树。龙宫果长得像龙眼，吃起来像得了狐臭的龙眼。往前十米是海滩，太阳升起的时候，阳光直射下来，海水便像冰镇鸡尾酒般透亮湛蓝。海里的鱼常常聚众停在一起，大部分生命本身是没有意义的。鱼不知道自己是鱼，椰子不知道自己是椰子，龙宫果也不知道自己是龙宫果，人知道意义，人就吃它们。我问他："你们这里人那么慷慨单纯，是不是因为你们永远有吃不完的食物？"

我和一个男同事住一间，一对俄罗斯情侣住我们隔壁。吃饭的时候能看到他们，吃完饭他们如两只八爪鱼缠绕在一起，挤在露天吊床上。也不知道是身体好，还是爱表演，他们大部分时间都在屋里喊。晚上我和我同事聊天也不对，不聊也不对。装睡。

在那里我第一次浮潜，我喜欢扔掉呼吸管，戴游泳镜躺在水中。鱼群、破败的落叶在我眼前飘过，人声欢笑在我耳畔，又好像千里之外。这是我和世界之间的新距离。下一次感受这种距离，是我每次回到故乡的时刻。

后来我失去了这个马来西亚朋友，他消失了。有人说他进去了。我才想起我曾经向他提出那个愚蠢的问题，他慷慨单纯是因为会做生意，他大学就能买一个岛。

后来，我的海岸记忆大多来源于青岛。十三岁去青岛，我在鲁迅公园的海边舀起海水往嘴里送，我要确定水是咸的。其实我六岁在秦皇岛就干过这事。对于内陆小孩，海边是远方，是地球的边缘。

2017年，第二次去青岛。太闲了，我没有任何本职工作可以做。朋友说跟我去青岛，讲一天课，讲微信公众号，给我一万块钱。我在传媒大学给学生讲过，好像还没有课时费。

那天大概来了三十个学生，年纪都比我大。他们从各个地方赶来，有淄博的馒头大王，济南的烤肠大王，河南的辣条大王。如果我没记错，还有青岛本地人，不过是在北京创业的整容大王（现在的话应该叫医美大王）。

还有个学生腿受伤，拄拐来。他的伤势随身边人数多少上下浮动。一个人走一百米需要三十秒，三个人需要三分钟，如果有八个熟人的话，需要走半小时。但我忘了他是什么大王。

讲课之前我并不知道他们的背景，讲课途中我感到他们没有听懂，讲完课后他们都来加我微信。那天讲课的老师除了我，还有一个美空网的总裁。后来我分到六千块讲课费。之后很多年春节，馒头大王还在给我拜年。我从未回复，因为我赚了别人的冤枉钱。卖馒头真的不用互联网思维。

后来我发现，学生们并不在意公众号帮助他们做生意，也不在意美女网站是不是能给整容医院导流。他们是来喝酒的。山东的宴席非常残酷，主人陪客人喝，上来要先喝几杯，再喝几杯，接着一个人拿酒杯打圈。客人如果今天站着出去，就是主人诚意不足。

他们还要抢在喝酒的间隙讲些笑话。酒桌上的笑话就是飘在空中的热炒菜，离席的时候菜冷了，也就不好吃了。

人的生活是由追求幸福和追求痛苦共同组成的，大部分人只被告知要追求幸福。因此我们才时常对他人和自己产生困惑。但山东人会在酒桌上找到人生的纵深感。

第三次去青岛是参加一场品牌活动。那天的晚宴分上下半场。上半场和以前一样，我躲避和任何人说话。菜来了吃菜，吃完了喝水。我伸手端水，举杯，水碰到舌尖，舌根下压，吞咽，把杯子放回原位，擦嘴——我尽量缓慢做完以上动作，一分钟后重复——这样一来，我的不安就没有那么显眼。后半场变了，突然有人开始找我喝酒，一杯一杯一杯，我如往常一样清醒，只是脑子越来越慢。我发现他们很开心，酒是百发百中的六合彩，刮开一次，开心一次。

　　胃痛以外，我第一次因为酒精感到开心。当然，酒精过敏也并不会因为开心放过我。失眠的人在床上先向左侧躺，接着躺平，再向右侧躺。好像床垫烫人，我是一根不断翻滚的烤肠。

我在巴黎，放了私教鸽子

地球上最大的法则是引力，另一个法则是遗忘。

旅行最差劲的，是目的地本身。没去以前，和离开以后都很美妙。想象是雕塑家，把一座山修成罗马的模样。

真正让我感到我回来了，是在北京首都国际机场T3航站楼到达层看见一幅广告图。照片上谷爱凌穿亮片晚礼服，头顶上金色花洒开着，水柱飞流而下，水没有沾湿衣服，也没有弄花妆容。所以你难以分辨到底是防水衣，还是防水妆广告。

1

此前我在欧洲出差十六天，从伦敦去那不勒斯，再到巴黎。每次转场几乎都是我一个人，不会讲英文的人。我在巴黎问路买烟，人家跟我说看到 subway 右拐，我就去找 subway，找到右拐。右拐没有路，没有烟，右拐是一家银饰杂货店的墙。我灵机一动，人家说的是地铁站。

我是一个狂热的健身爱好者。必须非常准确地强调"爱好者"，也就是人菜瘾大的意思。瘾大了，容易误会自己很专业。就像曾经我们身边有很多文艺青年，他们看书、看画、看电影，但瘾大就有优越感，爱指点江山，误把爱好者（消费者）当制造者。

我一周六练，在北京有三个健身途径。一是我自己家有全套装备。二是一个三流酒店健身房，负一楼是莺歌燕舞的夜总会，负二楼全是体脂 10% 左右的老大爷。他们带着早饭来，直到吃晚饭才走。他们有刀刻般的肌肉，和陈年牛皮纸似的皮肤。三是我家楼下的一兆韦德，他们从年初开始售卖家庭卡，十年卡，直到终身卡，我预感他们快倒闭了，后来就真倒闭了。

比如我出差以前，订差旅的朋友问我，你对旅途有什么偏好或忌讳。我说我需要健身房，还有每天 8 个鸡蛋。我知道，虽然你们礼貌告诉我会有的，但心里都在说，看不出来你有什么运动痕迹。

我5月底去巴黎，住的酒店叫SO/Paris，前台的白人服务员无疑是一个美人，跟水果摊上嫩黄透红的梨那么美。这种美，又像一堆梨那般无法分清彼此。

他们家健身房很好，器械齐全堪比铁馆。但它周日不开，周六开半天。周一到周五七点到十点开，但周一三五早上八点到十二点不开——这就是我高考数学唯一能读懂的排列组合题。第一天到达时是周六下午的营业时间，但我用房卡刷不开门。健身人会在此刻觉得，完蛋，我的胸，我的肩，我的手臂，此刻就像被绣花针扎破的气球。

我打开小红书，找到一个华人教练，她在巴黎有健身工作室。商定，第二天下午三点见，以七十欧元一小时的私教价格借用她的健身房。时差带来的睡意，犹如在空中瞬间倒置的沙漠一般，瞬间把人埋没。我凌晨三点入睡，带着长眠到明年今日的决心。醒来一看，早上七点。

吃过早饭，肌肉发出指令让我去健身房试试。和上次一样，分明听见锁动了，但推不开门。时差催动肾上腺素，我动粗试图暴力闯进，我用肩膀来来回回撞击，门纹丝不动。这时身后伸出一只手，轻轻一拉，门开了。我转头，颤颤巍巍的老年清洁工，对我瞪着疑惑的大眼睛。我蹲地上笑，他又瞪我一眼，走了。

在伦敦和那不勒斯没有这个烦恼，他们的健身房都又大又二十四小时开放。区别只在于伦敦没有人用，但在那不勒斯，哑铃区需要排队——都说意大利出渣男，渣男除了渣，浑身是宝。

后来我在巴黎看了一场 BLACKPINK 演唱会，地动山摇。除了声音大，印象不深。但我永远记得粉丝们脸上的张狂神色，好像在说，因为喜欢 BLACKPINK，所以我自信。

2

地球上最大的法则是引力，另一个法则是遗忘，所以我们要做的是创造记得，创造自己和其他人都不遗忘的事情。但我不爱拍照，因为摆拍照片只是过往的华丽碎片。生命是一条河，你很难想象里面装满了华丽的冰块。我在温布尔登遇到贝克汉姆，他串门来跟费德勒打招呼，我进门正遇到他出门。狭路相逢之际，他很友善地握了我的手。我的意思是，我当时应该说，我想和你制造一枚华丽的冰块。

2019 年，费德勒"回光返照"，最后一次进入温网决赛。和德约科维奇作对的不是费德勒，是全场的嘘声，是一座山，一个小镇，整个地球上的人潮人海。但德约科维奇打掉了费德勒最后一口气。这场失利对年迈的费德勒来说，好似旧毛衣上的线头，沿着腰线不停地悄然往上爬。

那天下午看德约科维奇比赛，他对战一个世界排名 70 位的选手——我不确定英国人是不是都认得这位选手。但全场观众还是嘘德约，他在嘘声中拿下比赛。人和人因为要的东西不一样产生矛盾，矛盾让人忘记要什么，只把怨气写在本子上，一分钟一分利，每次再见都算这笔烂账。

伦敦的食物也总是喜人，在唐人街，你能吃到比北京更好的粤菜。炸鱼薯条相比流行的低温慢煮一切，也算相当美味。我没有贬低任何地方的意思，但法国的面包和食物烹饪水平实在是呈反比。

3

人不断奔波的时候，像一只正在被暴雨淋透的野猫。

从任何一个地方进入卡普里岛，绝非易事，都需要经历海陆空才能抵达。邀请我前去的人，是我的病友。要不是太久没见，需要确认一下她病情比我严重的话，我是不想去的。接驳我们的船来自大名鼎鼎的肯尼迪家族，装饰精良，船上摆着洗好的瓜果，意大利船长白衣白裤。我脸上挂着笑，嘴里咬着牙，喉头紧缩，喉头往下肠胃翻涌。优雅，一刻不得大意。

卡普里岛是一个固执又昂贵的地方。这里有很多人度假，这些人看起来像财富的继承者，也是固执的继承者。他们几乎不看手机，用纸币生活，坐出租车。凌晨时分，一群精力过剩的年轻人，戴起耳机蹦迪。幸福得像回暖春日盛放的红花朵——按常理来说，那些开得最艳的花，总是最快夭折于人手的。

我害怕众人聚会，特别是一大帮陌生人。三个人以上的聊天不是聊天，那是一种表演。表演好了无所谓，大部分人却没有演好的本事。表演的压力会生出一种勇气——就像流浪者在街边展示自己的断臂，或者瀑布般挂在脸上的肉瘤。这种东西让人恶心，如果是路人，还可以付钱打发这种恶心。但一个局不行，只能咬紧牙关。

但我的病友不是普通人，她当然提前失眠，提前幻想，提前焦虑过我所有的尴尬。她的局也没有一个普通人，每一个都带着自己的色彩，藏着自己的故事，偶尔漏出一点线索，就足以让话题半空飞舞。这当然值得展开，但我准备放到十年后再讲。毕竟这条河是大江大河，即时去讲，反倒刻舟求剑。

在卡普里岛，我一直看路上的人。美丽的、妖娆的、人工的、饥饿的、焦躁的脸。上帝可能是最坏的编剧，他把丑陋与美丽刻成印章，盖在每个新生儿脸上。他们从这里出发，逃离丑陋与美丽的陷阱。

我在那待了两天，回忆是橘黄色的，夕阳打在石板上的颜色。

四岁的尊严

　　我不知道怎样才算是一个好的父亲。我想我只能尽力让他多获得知识，让他勇敢，让他的世界更远，再远一些。

　　有一次我和儿子为某品牌表拍了父亲节视频，据说不少人转发。我自己没敢看。有广告公司的人跟同事说这个写文案的不错，能不能介绍一下。我这就找到了退居二线的活计。

　　有幸被选择干这个活大概是两个月前。我儿子念国际学校，能拍杂志是蛮好的事情。儿子天性敏感，他发现我喜欢幽默的人，他就想方设法搞笑。比如我问他，今天都在学校干什么了呀？他说吃饭，玩游戏，打老师。第一次听时，我笑得像大鹅看到玉米粒似的。他便记住了，每次都说打老师。我教育他了，不能打老师。我知道他没打，但他还说。老师对不起。

我问他想不想拍杂志。他说不要不要不要。我问他觉不觉得自己帅。他想了想，说学校所有老师都说他帅。我问他是不是第一帅。四岁的大脑好像没有思考过这个问题，他沉默了，在盘算，帅怎么还能排名次？他问："那你说，我和石子（他最好的朋友）谁帅？"我说："如果拍了杂志，也就相当于被认证了，就是学校第一帅。"他说："爸爸，那我们拍一个吧！"

第二周我去接他放学，上车就问："爸爸，我们哪天拍杂志？我都跟老师们说了，因为我帅，所以我要拍杂志。"此后几周，他再也不说打老师了，就问拍杂志，搞得我压力很大，万一不拍了，我也要去影楼给他拍一次。

拍杂志那天，我把他从学校接走，我俩需要去山里住一晚民宿，第二天一早开拍。我买了很多零食，他上车就要吃薯片。我问他，你刚吃完晚饭就饿了？他说他没吃晚饭。我一下来劲了，因为我知道他说假话。我说我现在给外婆打电话，如果说假话我就把薯片扔掉。他赶紧说对对，吃过晚饭了。我说那你认错，说假话不对。

面对薯片的诱惑，这个四岁小孩硬是磨蹭了十分钟，才敷衍地说出自己错了。

我感到无比惊讶，人当然很难面对自己的错误，而且必然掩饰它。这是自尊心的绑架。这天他让我知道，这种事恐怕是天生的，愚昧和固执是天生的，勇敢、反思与自我觉醒是一条曲折蜿蜒的沼泽路。

那天晚上，我带着他睡觉。因为平时我每周只和他相处一天，在一起睡觉的机会就更少。我取下眼镜准备关灯，他一把抓住我的耳朵，说："爸爸你把眼镜戴上吧，取了眼镜我都不认识你了。"

我不知道什么是一个好的父亲。我想我只能尽力让他多获得知识，让他勇敢，让他的世界更远，再远一些。

告诉他，大部分人心像树叶，温暖的时候生机勃勃。风吹来，被风卷到地上。下雨的时候跟着流水泡进下水道，漂流腐烂。但还有一些人，他们的心像星星，像月亮，他们有自己的秩序和轨迹。

最好，像一口水井

　　我是这个春天正式回到北京生活的，世界之门重新开了一次。

　　朋友想写一封遗书，这是他第五次跟我说起这件事。有次是在他分手之后，我在他家翻抽屉，抽屉里都是表。我说这一柜子表给我儿子吧，反正他没有。他说行。其他的钱，他想捐给遗落在云南边境的老兵之类。我心想，他死的时候，老兵们早不在了。

　　朋友最近又说起遗书，在几天前，春天刚刚开始的时候。那天早上，朋友在微信里说，F去世了。F和朋友感情深重，和我算相识。这几个字，在我心里一颤，好像乌鸦嘴里的食物，从空中掉落，刺破湖面。

猝然，只是我们的感受。据说他自己早知自己的病情，并未告诉任何人。F有意设计了勇敢与洒脱，生命于他来讲，只是一趟开往春天的列车，朋友们上车又下车。当他猝然离去的时候，他像一座被偶然烧毁的图书馆——朋友们，争相叙述那些讲了半截的故事——逝去本身，变成和悲伤无关的浪漫事件。

F是上海人，豁达、谦逊，不叙述苦难，更不拉扯别人。我忘记自己是哪一天爱上上海的，最近一次记起，恐怕是他离开的那天。

小时候看一部电影，讲宫廷斗鸡的故事。有人寻遍天下，要找到最凶狠的那只鸡，打遍天下无敌手。这是鸡的光荣，也是它的厄运。它一直赢，赢到输为止。人也一样，我们都在汹涌的潮水中翻滚。上海让人清醒，人不是鸡，不是沙泥，不是浪中之水。退潮之后，人还是人。当我在上海生活的时候，半夜出门跑步，我也会看看自己全身上下，有没有超过三个颜色。

世界杯开赛前，医生说，球王贝利要死了。现代医学的发达让他有足够的时间，和他的亲人慢慢告别。世界杯结束后三周，他还活着，意识清醒，我在想，他和他的亲人再见会尴尬吗？还不如像肯尼迪似的，被一个想出名的小崽子一枪打飞天灵盖，躺倒在自己老婆怀里。

我不知道如此看待死亡是否妥当，毕竟在中国文化里，死者为大，死亡意味着恐惧的禁忌，还有终结。我总是遗憾自己没有宗教信仰，有的宗教相信轮回，有下辈子。天堂和地狱都是下辈子。这会给人一种暗示，我错过了去巴黎，下次再去。如果没有信仰，这辈子也没去成，就完蛋了。

所以，我假装在面对死亡的时候拥有信仰，那样会让人浪漫一些。假设有下辈子，像肯尼迪那样多半比普通人强，强不少。毕竟和玛丽莲·梦露相伴的人生，强过梦一场。

老人们总是说，春天是新的，充满希望，它是世界之门。我是一个被现实主义的母亲剪掉想象力的小孩，小时候总是在思考怎么撸铁，看几本书，写几篇稿，进而换多少钱。春天是被加热的季节，空气和姑娘都是温热的，而这些美好温热的约会，需要钱。

之所以说北京是一座梦想（事业）之城，是因为北京的春天既不温热也不湿润。依然干枯的柳树在街边摇曳，男男女女行色匆匆，没有四目相交，他们没功夫睁开眼睛，风沙太大。等到内蒙古防护林起作用的时候，他们还是没功夫睁开眼睛，柳树交配之后，柳絮来了。

后来，有人想了一个办法，发明了陌生人社交软件。女孩下班回到家，拿着手机左滑右滑，滑过一张张五官立体或者肥头大耳的脸。她们好似在温热葱郁的大街上漫步，有时候低头疾行，有时候抬头看看，有时候转头再看一眼。那个五官立体的男孩恰好回头的时刻，也是他拇指右滑的时刻。这让我疑惑，中国的互联网之春曾经在北京发生，它算不算春天的故事。

我总是谈起我这个朋友，因为我和他像双生于世上的亲缘兄弟。我们拥有相似的触角，相似的技术，还有相似的幽暗与孤寂。他说这个春天，他的目标是谈恋爱。其实他不说我也知道，未来的每一个季节，都想谈恋爱。

生活不应该是一块煎饼，在锅里煎一面，翻过来再煎另一面。我们拥抱时刻刻埋伏的陷阱，准备好冲锋，跟脏兮兮的欲念共舞。半夜惊醒，伸手摸枕头下的手机，骂一声，怎么才四点。命运像一头瞎了眼的大象，把人的生活踩得稀烂。爱就是比一双眼睛多一双眼睛，这双眼助我们躲开稀烂。

这个春天正式回到北京生活，世界之门重新开了一次。以上，就是刚进门的时候，我所看到的，老人们从未提起的部分。

老人们还认为，不幸、贫穷、厄运都是生活的敌人；

财富、名声、如云朵般绵密无边的幸福是生活的朋友。
生活最好是一口水井，宇宙万物像北京 7 月的大雨，倾
泻其中。

飘向远方

　　过去的时间是由灰烬组成的，我们应该在回忆的木盒子外挂一块招牌，禁止再摸。

　　我要去一趟梅里雪山，我家的保守主义分子去香港玩。每个人都在飞，飞的人都发朋友圈，只要出了自家小区，天上地下都新鲜。保守分子说，香港不好玩了，年轻人少，老年人多。冷冷清清淡淡，吃的不如广州，买东西不如上海。

　　其实对我这代人来说，香港是一个活在过去的地方，就像暴雨永远存在于过去。它在那天下过，那天见了谁，说过的话，食物的香气，跟暴雨一起被收藏起来。又好似某一天，突然和偶像见面，握手。那手松开后的无影痕迹，十年后，都像渗血的刺青般新鲜。过去的时间是由灰烬组成的，我们应该在回忆的木盒子外挂一块招牌，禁止再摸。

我去过高原好几次，临行前，品牌方的好朋友微信提醒我如何如何准备，避免高反。我说高原经验相对丰富，不用太担心我。她立刻回我说爬山的时候，让我拿拐杖拖着她们。我的经验本来是遭遇高反，跑。跑到海拔低的地方，什么都好了。我只好咬着后槽牙，硬汉地回了个"好"。

从丽江落地，去酒店要六个小时车程。司机师傅皮肤黝黑，头发繁茂而自然卷，眼球黢黑，眼白泛黄。他羞涩，说话的时候根本不看你的眼睛。说普通话的声调好像是藏族人。我说师傅，如果累了，换我开。他看了我一眼，说不用。这条路和川西的路很像，由机器在山腰上硬凿出来，右手边是砂石松散的绝壁，左手边是悬崖。

还看得见太阳的时候，整个云南都是温暖的。农家人煮粉的水汽，植物的呼吸，绝壁下蒸发的河水，它们飞到天上去，变成云，再落下来变成雪。

雨刮器很着急，在挡风玻璃上疯狂摆动，但视线并没有变得更好一些。我说师傅，过弯可以慢点，下雪是不是容易撞到牦牛。师傅透过后视镜盯着我的眼睛说，没事。

对于连剪头发也自己完成的人，我很难做一个合格的乘客。我知道师傅身怀绝技，是高原拓海，我绑好安全带坐在后面，右脚一直在踩。

睡吧，睡着了，脑子里就不再有牦牛被撞死；或者车撞上防护栏，防护栏年久失修，没有拦住车；或者车从峭壁上跌落，在半空如跳水运动员般翻滚折叠伸展，再平砸山谷中，我和座椅融为一体。

到酒店的时候，头晕，反应迟钝。拿着手机想扫码，门口没有码，前台没有码，办入住也没让我亮码。多少是高反了。

第二天爬山挺累，海拔三千米走了一万两千多步。朋友发微信问我要不要争第一名。我说这个团大部分人年纪比我大，友爱第一，赢了能怎么样？之后，迈开大步往前冲，把第二名甩得老远。下山的时候有人问我平时是不是健身。我呵呵一笑，不置可否。

这山确实不太高，品牌活动总是对媒体人满怀爱意的。我上一次爬山是前一年6月，爬张家界，那时候爬山可不是容易的事情。

我找了个导游叫小张，他带我走了一天。爬到山顶的时候，他必须把我交给一个女导游。女导游负责固定项目，如果我坚持不参与，也需要等九十分钟，等其他人看完。我是当天整个张家界景区的 78 号游客，也是最后一个游客，我必须参与。

女导游说，如果今天不是我来，就轮不到她上班。如果她不上班，今天就没有收入。我说她应该是国企员工吧，那也有底薪。女导游笑了笑。她这个笑，想表示委屈，又想表示嘲讽，还想表示一点无奈。所以笑的时候还半翻白眼，以至于笑得比哭还丑。她说："哼，底薪，你问问他（小张），我们有没有底薪。一个人每天轮一次班，一个班五十块钱。"我看小张也在笑，我没接话，还有点惭愧。这是怪我，我来晚了。

因为景区人太少，索道是不开了。下山路长。一个人和一个人肩并肩走路的缘分，是浪漫，或者尴尬的。我不能不和小张说话，说话，既要克服尴尬，又要克服浪漫。小张说，张家界是个旅游城市，几乎所有人都靠旅游生活，政府投资六百亿建设基础设施，现在没人来旅游，大部分人都没收入。我还是没接话，此刻觉得，我刚才应该给女导游发两百块钱小费。

我看他手上戴个手镯，换个话题，问他说这是不是他们的民族装饰。小张笑说，这是他老婆给他下的蛊。在湘西流传很多下蛊的传说，比如男人在路上不小心踩到年轻女子的后脚跟，女子回头，看你仪表堂堂，她便对你笑笑。这一笑，是定情，是盖章，也是下蛊认证——将这男人据为己有。婚后，老婆会给老公戴上蛊婆施法的银饰手镯，男人上交工资卡。男人如果戴着手镯出轨，和其他女人发生亲密关系，手镯立刻释放情毒，男人和通奸女子日后皮肤溃烂，长脓疮而死。

听到这里实在没忍住，我笑了。我说他们这不仅山高，女性主义的山头也高，问他能给他老婆施个法么。小张连连摆手，说他们这哪有这种事。他说如果女生来，听完这些故事，很多会让他牵线去找蛊婆。蛊婆家现在都有农家宴，能接待客人，表演节目。

临近分手，小张一个劲想让我去看《魅力湘西》，那个女导游也建议我去。我说我文化低，欣赏不来。我问他如果我去了，他是不是有提成。他说不是，只觉得来都来了，多消费对大家好。小张是个老实人，我知道他没有说谎。

看最近大家出游的热情，张家界的人应该越来越多，女导游和小张每天都轮好几班了。

我又跋涉六小时到丽江，坐飞机回北京。机场安检员脸上挂着 N95，透明面罩挡在护目镜外面。他右手拿起洗发水和面霜，左手向着面罩方向扇扇。他闻到了什么，说，过。

在百子湾聊播客

　　他让我不要灰心，还要办好杂志，好好写作。人间不能没有文字。文字记载人的故事、人的情绪，比其他载体都深刻。

　　对京沪打工人来说，春天像青春期的爱情，明明牵了手，隔天再会又形同路人。上海穿短袖的时候，北京下了一场暴雪。身体不好的，容易反复感冒，惜命的赶忙检查身体，一查，把烟戒了。好几个朋友以感冒为契机戒烟。十几年前，我跟人创业做互联网广播，有天开车用广播听段子，公益广告突然插入说吸烟有害健康，我就把广播戒了。

今年我的春天是从澳门来的，2月已经莺飞草长。澳门的天空都有天花板，灯连灯，雾卷雾，城堡挨着城堡。夜色通常是潮水般瞬间倾泻，但这里，夜色拘束得如爬山虎般，从街道间一点点蔓延。游戏讲究赢家不下桌，一脸茫然回程的，多是掏空的菜背篼。输钱，赢了心情。这里是地狱之门，也是天堂之门。

十几年后的晚上，约了两个朋友在百子湾吃饭，聊播客。百子湾是个杂乱的地方，人多车多，人行道堆摆的自行车都是歪的。花坛里面灌木还没发芽，看起来枯萎稀疏，仿若中年男子憔悴的颅顶。杂乱又有北京少见的烟火气。饺子铺的水开了，蒸汽在夜色中打着旋，像朵朦胧的郁金香。

当年之所以从互联网广播公司出来，一方面是不看好这个行业，广播单线性传播，传播效率低，用户量做不大，商业展示空间也是单线。另一方面还是想做文字媒体。明明自己不擅长，不舒适，非要找千百个理由，证明那件事有问题。人都擅长逃避问题，媒体人又是这条赛道上的无冕之王。

这顿饭讨论播客，我们三人准备开个播客。其中一人是个出版编辑，他说现在的书，大部分卖不过五千册。我好奇那出版社该如何活下去。他说卖流行。

另一个人也是媒体人，他说他不喜欢赚不擅长的钱。他喜欢炒股，亏钱。我也不喜欢，但现在实在是看到播客流行，有前途。北京是梦想之都，北京的饭永远充满成功学浪漫主义色彩。这两个人已经开始撸铁，一周六练，怕就怕万一这个播客火了，要出镜，不能丢人现眼。

流行很多时候不代表更先进的趣味，或者具有功效。我曾经在骑行火红的时候买了一辆车，参加过一次横穿长安街。那些蹬弯把车，穿紧身骑行服，头盔上闪闪发亮的人，像一串被发怒大象飞踹的皮球。从我身边呼啸而过。他们都是胖子，他们证明骑自行车不减肥。但流行一定会产生经济效益。

我说，4月9号先录，干一年，还是没人听再认输。餐厅屋顶有吊灯，光柱杵在桌面上，光柱里微尘滚动，像流转的星辰。

春节前，托一个品牌的福，在浏阳看了场盛大烟火秀。品牌包下整个场地，让来宾坐在透明玻璃房里面吃牛排喝红酒。火树银花饭前放，席间放，饭后再放。烟火具有比酒精更广泛的神经毒性，催人奋进，老少皆宜。

正值隆冬，人头密集，人群的呼吸和河面的水汽汇集起来，变成风，风变成飘在半空的河流。烟火升起来，我用左手握住右手，冰冷得像从浏阳河里抓起一条正在冬眠的鲫鱼。

我们有时候对幸福过敏，因为频发的苦难在基因里写下一串代码：幸福和厄运总是接踵而至的。幸福的时刻不能沉溺，必须抬头看远方，看远方看不见的天坑。所以我们的生活变成了寻找烦恼的游戏。因而，想起经济环境，想起开年后的生意，想起我离退休还有三分之二的长路，以至于那天晚上回到酒店，空调三十摄氏度，人好似从急冻室拿出来的老腊肉，皮面吹热了，心还冷。自作自受。

百子湾会议之后第二天我跟儿子的干爹吃饭，说起我想做个播客。他是个大经纪人，在疫情期间离职创业，现在小有所成（他自谦）。我佩服创业成功的人，因为他们勇敢，坚强，并事实上证明自己聪慧过人。他有礼貌，实事求是，虚荣和过度的自尊心从未扰乱他。他也曾在报社做记者，聊起任何话题都讲逻辑，冷静精确得像奥运会的计时器。只有聊起在南方某报社的工作时，他的眼中会下起流星雨，如春雷一样汹涌。

我说现在的世界越来越扁平，曾经三百六十行，行行出状元，现在可能还剩下一百六十行。钱转不起来，钱通通流向 AI 机器人跟网红。不干这两件事的，都变成了未来的敌人。

他让我不要灰心，还要办好杂志，好好写作。人间不能没有文字。文字记载人的故事、人的情绪，比其他载体都深刻。我说心意领了，这顿饭是他来安慰我的。他说这是真心话，而且一定还有人和我们一样，在想方设法维护这个丰富的世界。而后他再一次讲起那些报社的故事。我喜欢这个冷静精确的朋友，也喜欢跳舞的灵魂。

我听他讲，感到慰藉，当然要继续办好杂志，但也并不耽误这个必然诞生的播客。清洁工凌晨五点扫地，不代表他喜欢扫地，他只是不得不完成他的工作。

个人生活只是宇宙漫长岁月里卑微的一小段时间。那段时间是欢愉和不幸的总和。

人间的偏见

大部分偏见不过是生锈的铁门，看似森严牢靠，一个小石子打来，铁门便如玻璃窗般爽脆地塌了。

天最冷的时候，意味着春天要来了。年底人思绪多，睡不着的更睡不着。敏感的人伸手，在空中挥舞，也能摸到喜怒哀乐。躺在床上，胃酸像锅沸腾的罗宋汤，在身体里巡游，从左腹流到肩膀，流向前胸后背。

人总感慨生活艰难，其实大部分时候，孤独与难过来自揣测，揣测诸如自己状况不好，别人会嘲笑你。本质上，大部分身边人只在你风光的时候出现，当你灰暗，他们会出现在另外的风光处。所以彷徨就像在寒冬大雪深夜里，一个人的独舞。无非一种自我怜悯。

北京冬天干，因为讨厌油腻不抹任何油脂，冷风一吹，脸皮便如刚出炉的菠萝包表面般干脆。上海也冷，出门就像被人泼一身水，身体慢慢结成一根冰棍。但凡室内不到二十五摄氏度，这根冰棍就化不了。吸进去的是冷气，吐出来的也是冷气。往年圣诞时节，上海又红又绿，信不信教不论，手机钱包都在骚动。经济好，消费火热，天气冷，买些无事包金的东西，大鱼大肉吃一吃，心口就热了。

在上海跟客户朋友吃饭，朋友开门见山，说明年是没有预算的，以前是花小钱办大事，明年是不花钱办大事。又问我为什么还选择做媒体。最早，我会说，养活自己。后来，有点包袱了，说要影响世界。那天，我说，因为我不会卖货，转不了行。岁月如刀，割坏人的容颜，也削弱了少年意气。

前几天琼瑶去世，往日世界飞速和我们告别。告别，又好像旧时光的美容院，那一声再见，便是一场强效热玛吉，皱巴巴进去，亮闪闪出来。情感是我们死亡时唯一能带走的东西。死亡正因为有人对你投入的情感，才变得严肃起来。

十几年前，社交媒体上都是调侃琼瑶风格单薄的调调。现在她走了，方才想起，那个时候还可以骂她，她的支持者也可以回骂你。骂完拉倒，该上班上班，该恋爱恋爱。不会有人编个大帽子扣你，说你道德有问题。不会你死我活。

这朋友也是妈妈，又问我对小朋友上学有啥规划。我表示完全毫无规划。非要说，唯一的希望是他在十七八岁的时候鄙视我，认为我是一台过时的录音机，里面讲的，都是一本正经的胡说八道。甚至有点讨厌我，学厨师或者学理发，尽快不要花我的钱，逃离我事实上的奴役。朋友笑，说为啥非要当厨师或者理发。我说举个例子，只是怕他以后也不会直播卖货。她说，万一我儿子就想当我这样的文艺青年咋办。我让她不要侮辱文艺青年。

朋友的办公室位于浦东常见的钢结构大楼，楼高，通透，看得远。楼外面风越刮越来劲，黄浦江上涌起迷雾，从红枫叶间穿过，蒸腾凝集，变成灰蒙蒙的流云。下雪了，雪片像狡猾的蝴蝶般，在半空中晃晃悠悠。

我那个炒股的朋友，趁着牛市，割肉上岸了。他说，抛掉的时候，只亏了三十万。人间的日子大多都是错位的，比如早饭不能放在晚上吃。早上吃的可颂，傍晚刚出炉的那刻最香脆诱人。放到第二天早上，无香不脆，就剩顶饱。我说，要不然我给他两万块钱，他放进去，找准时机，再拿出来。我想上演一场意志力大课给他看，不抽烟的人抽几口，到点了，说扔就扔。

他说，好，但说按逻辑，有个时间点肯定暴涨，涨势按理说还会持续两周，问我两周后拿出来如何。我说，行。

沉寂许久的企业家又出来讲话了。曾经他很喜欢讲话，我很不喜欢听他讲话。比如，他说加班是福报。后来一想，也没说错，他的员工加班给他赚钱，是他的福报。他还说过，要让天下没有难做的生意。话很好，但对他的生意我始终带有偏见。因为那间公司主要负责让天下没有难卖的假货。

大部分偏见不过是生锈的铁门，看似森严牢靠，一个小石子打来，铁门便如玻璃窗般爽脆地塌了。

我撸铁，哑铃越用越重。想买对 37.5 公斤的，查价，熟知的品牌需要六千多元，假货只需六百八十元。显然，天下没有难做的生意。

我还对我的好朋友带有偏见。他宁愿把手机放在一米外看，也不愿配老花镜。我以前总认为这事很荒谬，直到前两天坐电梯。电梯广告倒是欣欣向荣，三天两头换品牌，国产羽绒服都有两三家。那天又换新了，换成流量小生代言的运动装。我斜眼看，指着广告语有点疑惑，自言自语：意式狂怼？队友回头也看，一字一顿：意式狂想。

我想我才不到三十八岁，肯定是没睡好，眼睛疲劳了。

新年，有时候充满希望。有时候又像赌博，拿起骰子摇，或者翻出一张牌，或大或小。托品牌的福，在北京听了一场维也纳爱乐乐团的音乐会。乐手们触及键盘，拨动琴弦，如小鸡啄米般精确。交响乐有千万符头，挂在半空，像花编织的缎带。又像神秘代码，让人对某一段日子永不遗忘。

第三部

平凡之路

我们都有病

有人习惯把自己和大人区分开来。即便他已经变得比大人更老的时候，他依然不是大人。

我有个微信群叫"睡不着"，睡不着的病友一共三个。我们还有其他的症状相似，就是臆症，怕死。比如我喜欢怀疑自己得癌症，胃痛就是胃癌，头疼就是脑癌，右腹疼那无疑就是肝癌。我从小这样吓唬人，单身时候吓唬我妈，身边有人就吓唬身边人。总之，博关注。刚开始效果挺好，都带着我去看医生，再由各科医生发定心丸给我们吃。直到后来没人信我，世界上又有了百度，只好自己吓自己，自己去医院。

有一阵子，我腰疼，小便泡沫多。我甚至在微信上买了豆丁网会员，为了翻看所有关于肾肿瘤的博士论文——我要找到我疑似重症的证据——医生被迫给我做完各种检查之后说："首先没事。看你近来的就诊记录，科室跨度太大。下次要不你看看心理科？"

群里有个女的喜欢怀疑自己有心脏病，还有个男的大部分时候怀疑自己有精神病。我们的臆症从未被现代医学证实过，但我们锲而不舍。他俩走投无路，看上了中医。吃螃蟹的时候，吃火锅的时候，吃烤肉的时候，他们从包里掏出小沙包一般的药水，咬着一角撕开，朋友，干杯。

我们之间的共性是什么？我试图归纳一下。例如我们都很纯真。有人习惯把自己和大人区分开来。即便他已经变得比大人更老的时候，他依然不是大人。

我们都憎恨交换的情感，比如利益捆绑的爱情。这三个人都把自己当成一个精细的产品在建设。在同一个行业里，我们都有极强的个人表现欲望，但又不想给别人添麻烦；都凭借显然的少年天赋得志，自以为魅力非凡，又随时怀疑自己是不是过于自恋，随时跟外界碰撞，确认自己幻想中的影响力。

所以哪天真的生场大病，也算成全。生病说不定是另外的出类拔萃的方式，对于我们这样独特的人来说，最好生一场柔弱、怪异又不致死的怪病。以上，换句话说，就是自作（念一声），自受。

某年10月底我跟着某品牌去了趟广西德天大瀑布。去以前，听说要搞个速降——大意是一百米峭壁，绑根尼龙绳，你跳吧。

我每周运动六天，力量很好，卧推哑铃重量75公斤。内心平静，不恐高，但怕死。所以我打定主意在被五花大绑之后装昏倒。

后来我想起上山前好像签了个保单，问品牌方的朋友这能赔多少钱。说是我下去之后告诉我。行，不白给。

我纵身就跳，绳子好歹没断。落地后有人说，我签的好像不是保单，是免责声明。

我当然不想要钱，何况我连受益人是谁，便宜了谁都不知道。我跳，只是因为教练在山顶上问谁第一个跳，大家陷入沉默，而两个女生率先速降下去，我脸皮燥热，才豁出去而已。我有点怀疑自己恐怕也没那么怕死。

11月末的一天早上，我在马桶上看到路易威登的设计总监维吉尔·阿布洛突然离世的消息。通常这种时候我出于职业习惯会尽量冷静、从容地发个富有文采的朋友圈。那天我没有，我拨通了体检中心的电话，约第二天体检。

五天以后结果出来。报告上三条红色提示：左肾脏囊肿，0.8毫米；某项数据比值异常，通常提示前列腺癌；总胆固醇、高密度胆固醇和低密度胆固醇超高。

如果我说我拿着手机的手，抖得像得了帕金森综合征的拳王阿里一样，那是假话。因为那个"癌"字，变成一支飞驰的箭向我飞来。箭离弦，箭中靶心。我的灵魂从眉心被击出身体。中奖了？

我的爷爷、外公、外婆都因为血液病去世。血黏稠是一种宿命，无妨。知道终点在哪里，以什么情节剧终，并不是什么不得了的坏事。

可是这个癌……我疯狂搜索大脑里有关前列腺癌的信息。三十几年来脑中录下的影像，只有小S坐在刚刚做完手术的李敖大腿上，问李大师，现在还有关于男女之情的冲动吗？李敖嬉皮笑脸，好像只剩嘴硬。

我又买了豆丁会员，一夜无眠。我看遍关于前列腺癌的论文，了解到前列腺癌并非一种高发疾病；预后不错；HPV病毒和它没有直接关联性；一部分患者是化学放射性污染致病；过度蛋白质摄入者发病率高。

我符合最后一条。

几十万字的论文无法安抚我的心绪。我挂号去看全科医生，医生说囊肿没问题，前列腺数值也没问题，胆固醇确实太高，吃药吧。我说医生，给个机会，我把肉戒了。医生说让我先戒烟。

还是不放心。接着挂泌尿外科，这位医生是个大专家，手上戴着某款熊猫一样珍贵的劳力士手表。我把数据给他看，问，我需要活检吗？医生说我没癌症，非要有，它至少在三十多年以后等我。他问我还有啥不舒服，痛吗，痒吗，腰疼吗？我摇头。他问那咋写诊断书。我说要不，测个HPV。他叹口气，转身带上手套。

又过了三天，HPV全阴性。我在群里说，从现在起，我是个高血脂病人，左肾囊肿。就好像我在说，我文了花臂，左青龙，右白虎。

对了，多番确认，品牌的广西之行确实给我买了高额保险。

平凡之路*

　　世界上大部分人都应该拥有一条平凡之路，其中一部分人开始混，另一部分开始不断奋斗。那些奋斗的人，却让世界不断陷入风暴之中。

1

　　那天的晚饭一直持续到晚上十一点。阿那亚海边的餐厅，通常只设置停止点餐时间。这里的地产商一直强调自由、浪漫、松散、乌托邦。我理解为想喝就喝，想

---

* 文中人名、刊物名、公司名、品牌名等均为化名。

吃就吃，想睡沙滩就睡沙滩。但服务员要下班，自由可以讨论，加班费不好讨论。所以他们会在浪漫的客人身边，大手大脚收拾桌椅。

一桌人吃饭，简珍和我主要负责说，我的三个同事主要负责吃。主要讲两场面试。大部分饭局，听的人比说的人来劲。台词都是往事，话说第二遍，情绪仿佛堆在衣柜深处的旧衣裳。所以人讲故事，添油加醋，讲得越多，越离奇，越精致完整。听众和说书人串通，让很多历史越来越玄。

那天《名士》杂志在海边办封面展，我是这本杂志的主编。简珍刚因为一些事端被微博封号。作为退居二线的杂志主编，失去社交媒体账号，等于杨过的左手又被人挑断手筋。她来阿那亚找我，问我能不能开放资源给她，比如卖卖《名士》的广告，用《名士》品牌做活动。我依然喊她老板，说，只要用得到，打心眼里欢迎。

简珍是中文世界最有名的时尚主编，还有两位女性在行业里和她齐名，并称"三大女魔头"。我八十四岁的奶奶也知道简珍。

2015年3月，我把一脸懵懂写在脸上，去世贸天阶见简珍。我当然知道她是谁，去以前跟所有相识的朋友咨询，假装不知道她。有相识的新闻业的前辈曾经在时尚杂志工作，那是一本著名的美国男性刊物。他在三个月以后离开。

风尚集团的人力老大是个穿西装的端庄大姐，看起来久经沙场。她从十几米外大呼我的网名，我们素未谋面，她的语气像招呼街对面多年不见的高中同学。她带我去她办公室，说："简珍总突然加个会，你先跟我聊。"

我站在简珍办公室门口，离她不到五米。按约定时间已过一小时。人力大姐敲门，说阿帕奇来了。简珍盯着电脑，毫无回应。转瞬间，她举起喷雾喷脸，右手摸瓶子挤出面霜，双手搓热，糊自己脸上。接着打字。又过两分钟，一激灵，转头说："哎呀，不好意思，我处理点事，快过来坐。"

我和大姐坐办公桌对面，她面朝电脑打字。她举左手，手背对着前方比 V，喊一声，烟！门口从左到右坐三个助理，左边的小姑娘从烟盒里抽一支烟，起身小跑，把烟稳稳放在 V 字中央。我想笑，人力大姐仓皇地瞪我一眼。等小姑娘小跑出去，屁股落在椅子上，简珍喊，火！中间的小姑娘起身小跑，稳稳点燃 V 字中央那支烟。我腹肌抽动，低头偷笑。简珍转头跟我说："不好意思啊，主要是我在戒烟，她们帮我控制一下。"

她从电脑里面活过来，大概一半。有一搭没一搭问问题。问题不难，何况昨天晚上我已经模拟过很多次，准备好十八个包袱，十八句文采飞扬。难在她玩电脑，又喊了两次烟和火。人说话，别人不听，就像歌手唱歌，台下的人都在划拳喝酒。歌手讨口，不得不低头。我也讨口，但我邮箱里还有刚收的全度公司的 offer。人受尊重的时候都显得谦虚。一旦被蔑视，自尊心肿大，就变成发怒吹胀的河豚，浑身带刺。

我停止说话，从裤兜摸烟盒，抽一根点上，抽两口，伸手把烟灰往简珍面前的烟灰缸里弹。人力大姐右脸肌肉抽动，她一直在用眼神示意我停止动作。简珍这时挪动身子，把脸面对我，笑，这个对客人的笑，迟到二十分钟。她说："那你说说，刚讲到《女人》要坚持女性主义，具体应该怎么做？"

我说，第一，大家都说时尚杂志轻薄，逻辑混乱。比如有一家女性媒体的主题是女人只取悦自己就够了，这属于诈骗口号。不分男女，如果只关心自己，那是动物。动物饿了不开心，吃掉别的动物，自己就开心了。他人即世界，我们都是社会化动物，我们的语言思想行为，都是千万人处来，往千万人处去。第一个问题就是做人，做人就说人话，不说蠢话。这时候我翻出号称世界第一的《服装》杂志微信公众号头条文章，标题是"XX

（品牌名）高级珠宝，演绎旖旎人生"。我说，这句话，你们把它当成高级。我们跟爸妈说，跟对象说，跟朋友说，人听了只会说，有病吃药。第二，女性主义这种话题，现在所有人参与讨论，大众化话题，我们做新闻的，讲究俗题雅做。比如，我们可以让大家讨论，川端康成的《雪国》，大量对女性身体美貌的描写，到底是不是男性凝视。依我看，那种过分细致，就像暴发户在品评自己养的"瘦马"。噢对，你们公司居然还有办性感杂志的男高管，起艺名叫"瘦马"。

她听完，笑，哈哈哈笑了二十秒，问我今年多大。我说二十七。她一边笑一边说，瘦马已经不在公司了。

人力大姐看她笑，刚刚稀烂掉一地的魂魄碎片，从地上飘起来，俄罗斯方块般在半空对齐，在她后颈处钻回身体。她从我的烟盒里抽根烟，说今天真高兴，她也抽一根。她手指发抖，抽烟不过肺，平时不是抽烟的人。空气已经流动起来，又因为她这番应酬变得黏稠。

简珍看眼大姐手里的烟，说："你上去把合同打印一份拿下来。"大姐转身出去，走到电梯口才发现手里烟没灭。拿合同的十分钟，简珍从三十年前开始讲这家公司的历史，讲愿景，讲她的改革决心。之所以找我，是因为时代变了，老人解决不了新问题。时尚杂志是泰坦尼克，再不掉头，船要沉。又封闭，来来回回百十个人，不是说人不努力，弹棉花弹出杂技，也弹不了吉他。我点头附和，说确实封闭，新闻行业有个大圈子，报纸杂志无论类别，大家都是圈子，几万人有，相互都听说或者认识，但这里面从来没有时尚编辑。即便是动物园，我们是猴子，你们是猩猩。新闻业的人觉得自己有个江湖，我看可能也就是个脚盆。

她又笑。我也笑，说："其他人不知道，但简珍总我还是认识的。"说完，她必然又笑，我知道，我的自尊心消肿了，讨口要冷静。

大姐从楼下拿合同上来，简珍把合同翻到最后，签上名字。说工资我自己填。我实在是蒙，我以为她要合同，想表达一个热情，势在必得，拿着合同跟我砍价。我写了六万。因为全度的 offer 上是三万五，但是有每年一百一十万的期权。

那天我从风尚大楼出来时，已经是下午五点多。天都是慢慢变黑的，缓缓反倒变成一种渲染，让人回味，今天恐怕还有遗憾。我早上起来撸过铁，正因为不想撸铁，我才每天撸铁。此前我想发财，跟人创业做一个网络电台 App。我发现发财很缓慢，而我想要表达，重回媒体的心很着急。当然我要赚钱，我写了六万，当时没有遗憾。一个月后遗憾了，因为那个岗位的前一任工资是八万。

第二场面试发生在两年以后，2017 年 3 月。我在上海朗廷酒店大堂吧，和一个叫韩英的人见面。这人也算三个女魔头之一。时尚媒体行业人更少，满打满算一千多人。这相当于我老家江城一个重点中学的年级总人数。一个年级出了三个级花。隐约听说，时尚杂志的黄金年代，还有人在造势"四大女魔头"。老四有若干个。偶有文章出现这个提法，都懂，这个老四又给自己买软文了。

《优雅》杂志是特克斯集团的现金奶牛，韩英担任主编。我加入特克斯集团是由公司总裁纱伦招揽，接手全公司新媒体业务。

韩英知道有个人来，隐约感觉来者不善，但面色优雅。纱伦执行美国人指示，削藩箭在弦上。我是那支箭。我爸干了一辈子公务员，从我上班，他跟我说得最多的，就是千万注意不要给人当枪使。

所以韩英自己告诉自己，这是一场面试，她是我的审判员。我自己心里明白，我是那把枪，她是瞄准器里面的棕熊。

她迟到，说："弟弟，不好意思，上海确实太堵车了。"她习惯看见男性喊弟弟。我理解她，一方面带点江湖气，显得亲密，一方面告知对方，我比你资格老。但她搞错了，男性最讨厌别人叫弟弟。我笑说没事，往窗外看一眼，天近黄昏，雾气从天上铺下来，吞噬树木、广告牌和街灯。路人行色匆匆，又像纵横在沙土上的搬家蚂蚁。

她说："非常欢迎你加入特克斯，来了就是一家人。我知道你，公众号做得非常亮眼，整个行业都关注。说句心里话，《优雅》的对手还不是《女人》，是《服装》和《流沙》。不好意思哈，这是事实。我们公司和风尚比，最大的优点就是单纯。人不搞人，只搞工作。要做长期规划，业务上不要急，至少做三年五年规划。多跟纱伦要点工资，赶紧来上班。"

都听明白了，刚柔并济。我说："是的，主要是跟您学习。"话音刚落，她不冷了，把一直抱在手里的碗口大茶杯放回桌上，说："你来上海租房子吧？多找公司要补贴，租房必须租浦西，浦东那不是上海，是外地。"之后半小时，我接收到生煎攻略、汤包攻略、日料攻略和按摩地图。宾主尽欢。

天色渐暗，半月挂在棕色的天幕上，像个香槟杯。我们准备起身离开之前，她说："你知道外面常常讲一句话，在特克斯，铁打的韩英，流水的总裁。"

我憋笑，拿水杯照着她的碗口茶杯碰过去，又碰上了天边的月亮。

讲完，我看眼简珍，说："还是简珍总有意思。你面试我的时候，就像一出戏。"生活是从前往后演，大部分时间是虚无的一条线。但回忆是挂在心上的气球，当故人再相逢，鸽子便成群结伙，从气球里奔腾而出。

她笑，三个负责吃的同事意犹未尽。

2

2014年到2018年是微信公众号的黄金时代。我做《女人》杂志的公众号，第一年粉丝过百万，第二年收入过亿。这是结果。

造成结果的原因非常多。比如简珍作为总裁，决策出色。以前销售卖杂志广告和新媒体广告，提成都是1.5%。我去之后，销售卖新媒体广告提成变成10%。当然有的机灵鬼打包卖，卖完录入系统全部填新媒体。

比如市场需要更诚实的新媒体。我最早在门户网站做首页编辑，那时候的KPI是实在的日均一千万个IP。后来我跟人创业做那个网络电台App，创业公司的甲方是投资人，只需要给投资人看数据，交上去的数据灌水二十倍。再后来，那个像推特的社交媒体，动不动数据上亿。打个广告上亿人看，打完没人买东西。媒体再次重新洗牌，微信公众号做得好的，成为最好的媒体人。

再比如，我还有一群年轻又聪明的同事。入职风尚第二天，我问简珍，我有二十八个名额，我能不能全换？她说："你现在的部门去年收入二百万，今年目标二千万。目标在这里，目标不是不换人。"一个月内，我把人换完了。

在机构打工，部门负责人独揽果实。我成了金牌包工头。那时候的北京，恨不得每周都有颁奖礼，都颁中国十大公众号，每场都有我。我当时感到未来的每天，都是人生纪念日。当一个人代表一个好的结果，他只会想尽办法把结果包装成一己之力。如果是坏的结果，那就是大环境有问题。

我在风尚工作两年，结交了一个朋友，她叫草田。草田一头红发，跟我头发一样长。别人说她喜欢女的，她也不否认。在这个行业，喜欢异性的都是弱势群体。

我和她真正成为朋友，是《女人》杂志的一把手老许被拿下那天。

老许是简珍的死对头，她们几乎同时进入风尚集团。来的时候大家都年轻，年轻人刚参加工作，还带些学生脾气，容易跟同事产生同学般的情谊。后来老许做《女人》

杂志主编,简珍做《流沙》杂志主编,同学变成竞争对手。本身是争馒头分蛋糕的事,日子一长,习惯了,看到对方就想争口气。

这种敌对氛围从两个人弥漫到两个友刊社。那时候风尚大楼有个送水果的小伙子,每到一层就敲他的板车,喊水果帝来了。《女人》和《流沙》都是大刊,这个大,主要说的就是生意大,有钱。杂志有个大小事件,就会包下水果帝的车,请整栋楼吃水果。《女人》请客的时候,《流沙》那一层当天就绝食。《流沙》请客的时候,水果帝也就不推车去《女人》那一层。

简珍当上总裁那天开始,平衡被打破了。敌人成为上下级,那下级的日子就像贪吃蛇游戏,腾挪闪躲,躲开所有墙壁找到出口那一瞬,游戏结束。

老许被拿下是时尚杂志行业第一场地震,从此这块地盘也就变成了地震带。那天风尚大楼像一个演播厅,一些人作为信号源,图文直播给上海广告圈,再由另外的信号源转播到社交媒体。

很快,董事长老张宣布简珍的亲信、《女人》杂志的销售总监大芬接替老许,掌管《女人》。

老许两年前找草田来做市场总监,草田脑门子上盖了自己人的戳,制衡大芬。出事之后,草田叫我去她办公室，在办公室开了瓶香槟。我说："都知道大芬是内奸，难不成你是影帝噢。"她问，现在最开心的是不是大芬？我点头。她说大芬现在在老许办公室哭，哭两小时止不住，难道自己也去排队？日子还要过，喝点酒平静一下嘛。

有道理，现在该草田当那条蛇了。结果，转眼间，大芬第一个要收拾我。因为我作为伞兵，汇报线从来不在刊社，财务也独立，有事找简珍。如果说老许是简珍大拇指里面的玻璃渣，现在我变成寄生在大芬胸口的鸡眼子。

臭皮匠的朋友是杀猪匠，杀猪匠的朋友是驴贩子，失意人的朋友也是失意人。安史是草田的朋友，他在《男人》杂志失落。有天吃饭，草田叫上我，说你们是老乡，认识认识。

我常说，江城人都是坏人，无知，小气，假仗义。我是唯一的江城好人。通常情况下，江城人会捍卫故乡，和你拼命。他说他赞同，所以来北京。

失落和共识不足以让我们成为朋友。他曾经是个空中少爷，因此，很多人歧视他。我很愤慨，英雄不问出处。很多人五十岁了，还在介绍自己是北大毕业的。这等于说五十岁的人，在做自己十八岁的影子。同命相连啊，我曾经也因为学历被我家人看不起。后来流行念商业硕士，我准备好材料交上去，人家没要我，说大专文凭不能直接当硕士。

从那以后，我们每周吃三顿饭，中午吃，晚上也吃。蓝色港湾河边有家泰式餐厅，桌子摆在河边上，伸手就能摸到水。他俩爱喝酒，我一边看他们喝，一边揉饭团喂鱼。喂的人多了，鱼肥得像猪，翻身探头抢食的时候，嘴里还哼哼。冬天风大，我们裹毛毯。夏天蚊子多，就拿花露水像喷农药那样洒满天。

一个说，我好苦，另一个说我比你更苦，我说，不要争了，我净身出户，我最苦。这样一来，前两个人嘴里的苦就淡了许多。他俩喝多了，说些平时保密的疯话。风把云吹过来，遮住月亮。我们三人以外，这些秘密连月亮也无从知晓。

安史是最有活力的，每次散场之前，他总说，什么时候才是我们的天下？

我跟大芬的战争越演越烈。她上任的第一场全员会和往常不同，不讨论具体事项，那是她的加冕仪式。

杂志社的编辑赚得少，赚了都穿身上，今天当花明天当蝴蝶。杂志社的销售赚得多，赚了也都穿身上。但基本都买首饰，左手戴表，表上面戴五个镯子。右手戴手链，手指上戴三个戒指。销售大芬当上一把手，集编辑和销售于一身。那天双手戴满，穿大红衣服，变成一只练铁线拳的花蝴蝶。

她拿出巴掌大一张纸展开，精神抖擞念完，听语气，还有三分老许的气势。言毕，礼貌性问一句："大家要是没有其他事情要说，今天我们就散会。"我说，我有事。新仇旧恨，我也抑扬顿挫输出十分钟。过程中，大芬压根没听，她用疑惑的眼睛看我，再看天。天花板白茫茫，没有答案。等她再看我，我起身走了。

落地深圳，我开机发现简珍给我打了三个电话。我回过去，简珍很平静。我说我不干了，大芬这人有病。她问我在哪。我说我在深圳谈恋爱。她笑，说让我好好谈，开心了再回来。大芬的事，她来解决。

我并没有恋爱。我在深圳有个相好，她是一个空姐。跟她好，和空姐没有关系，我对特别的社会角色没有幻想。前一年冬天《女人》在深圳办活动，我在飞机上找空姐借充电器，我抬头看一眼她，她低头看一眼我。和动物不一样，人没有季节性。但人也和动物相似，动物用鼻子闻，人用眼睛看。眼见为实，像一条魔咒，让人做了眼睛的奴隶。空姐飞四休二，正常人睡觉她在飞。正常人起床，她睡觉。很辛苦，我不太能吃苦。三天就回北京了。

回来去简珍办公室，她问我玩得开心不开心，女朋友漂亮吗？最后她说，大芬的事情给我解决了，让我们以后和平相处。我笑，不置可否，继续上班。毕竟找到下家以前，我还要吃饭。难过的时候，提醒自己：你还是万众瞩目的公众号明星，风尚的现金奶牛。

那时候恨不得每周都有人约我吃饭，拉我创业，挖我去工作。但时尚圈害人不浅。我去北川报道地震的时候，大家睡绵阳火炬广场。三人挤一个帐篷，吃七天饼干，七天不洗脸不刷牙。在雅安报道地震睡通铺。时尚行业的编辑，出行都是商务舱和奢华酒店。后来出行，住得好了没感觉，住得差点感觉贼大。有次我私人行程，住西南某城市一家奢华酒店，酒店公关是位台湾女士，热情好客，在房间放置手写欢迎信，送香槟赠水果，还为我定制一款翻糖蛋糕，蛋糕表面打印出他们从网上搜的本人照片，不巧，是张黑白照。

安史实在是个不错的人。他听说我有个相好是空姐，聚少离多，主动提出，他在航空公司有熟人，要帮我把她调来北京。这人说到做到，在一个月内找了好多人。不过，事情不顺，人没来。

但我要的机会来了。阴差阳错，我和特克斯的新总裁纱伦相识，一见如故。我和她在风尚大厦对面的绿草地见面，她说特克斯的生意体量不错，不过新媒体远远落后于风尚，特别是我做的《女人》。我说，我要十五万。她问，十二万如何？成交。

时尚圈还有个毛病，就是喜欢发公关稿。芝麻大点事公告天下，芝麻还是芝麻。时尚杂志的容量千把个人，相对十几亿人来说小众神秘。放大镜一照，大部分没见过芝麻的，看成了西瓜。别人看你的样子，本来是别人的事。美丽的误解多了，自己以为自己是个西瓜。公告像八抬大轿子，从上海来，在大芬眼前把我接走。越走越远，越来越小，小得像一只飘在半空的灰色乌鸦，直至不见。

走那天，简珍和我聊了二十分钟。她说："你以前让我二选一，《女人》的历史你了解，不容易，我只能选大芬。你有好地方去，不拦你。我在我的范围内表达感谢。"后来她给我发了十万块钱。我依然喜欢这个人。当然喜欢钱，也喜欢她诚实。

风尚董事长老张也找我聊过两次，每次三小时。他说："你不喜欢大芬我知道，甚至不喜欢简珍也好。你来我这里，把你喜欢的人都带上。"那时候在公司，我们都觉得这是简珍的公司，老张没有存在感。他又说："特克斯出多少，我出多少。"我说董事长，要不我先出去锻炼一下。他让我信他，他在下一盘大棋。

从他办公室出来，我回家收行李，想起一盘大棋，有点好笑又有点纯真，像小朋友说长大我就当科学家。

我将所有衣服装进车里，第二天开车南下。草田和安史在餐厅订了包间，为我饯行。饭前，草田给我一支德国钢笔，说让我带去上海签大单。安史没准备，说今天晚上吃饭和唱歌他买单。

那天晚上我心情很好，背时日子到头了。虽然人还没到上海，但手机里面都是甜言蜜语的贺词。淘金客即将上路，南方的金山在那里岿然不动。草田说，忙归忙，还是要多回来看他们。安史很亢奋，他说我们三个当中，我最先当上公司高管。难道马上就是我们的天下了吗？

喝多的时刻已近凌晨，我也喝了。当他俩搂搂抱抱，我头回伸了单手搂了他俩。那一刻，我发现朋友间的情感也很紧密，好像精装的盒装卫生纸，一张扣住另一张。

第二天睡到中午十二点。我点火着车，方才觉得还欠点什么。北京好大，我想跟北京道别。举起手机写了条短信，发给我已经微信拉黑一年的前妻："我去上海工作了，我的毕业证是不是还在你那？"

3

车开到上海的时候已经凌晨三点。第二天下午我在朗廷酒店跟韩英见面。她认为这是一场面试，其实我早签完合同了。她还认为她是我某种意义上的领导，因为公关稿上写，我负责特克斯全公司的新媒体业务。她猜测，涉及《优雅》杂志的部分，我还得听她的。她把她的猜测以补充公告的方式，分享给客户，要把生米煮成饭。客户马上转发我，问我是米是饭。我不置可否。毕竟刚刚从战场上下来，享受两周上海的花天酒地，再战不迟。

　　按照特克斯给我的住房标准，我在离公司六公里的地方租好房子。小区在静安区宝山路。但上海人都以为我住在宝山。我解释很多遍，宝山路就在静安大悦城旁边一点。他们说，噢，那是闸北，还有说，那是虹口。再有人问，我说我住在宝山，乡下。上海堵车，比北京还堵。干脆坐地铁。第一天就坐错了，因为宝山站一条铁轨上开两条线。我要坐3号线往南走，坐上了4号线往北走。

　　那个空姐相好来宝山路找过我一次。她回深圳的飞机落地，开机就收到我的告别信。看对眼，是眼睛跟激素的阴谋。阴谋得逞之后，赤身聊天，比阴谋本身更让人上瘾。这种天往往聊得人又哭又笑。泪水是眼眶写的诗，笑声是嘴边迷蒙的玫瑰。但如果两个人聊不到一块去，聊天就变成空拉石磨。

韩英和我都打如意算盘,算盘打太响,被人听见,或者被老天爷听见,大都破产。上班的第三天,《优雅》杂志编辑四十一人,集体搬家到我所在的二十七层。剩下四十一人留在本来所在的五十五层听韩英调遣。她的帝国被强盗洗劫一半,恨进骨髓,面色优雅。实际上强盗不是我,强盗是美国的候任全球总裁盖伊。老总裁大卫听他的,这人做新媒体出身,削老藩是他的计划。那时候韩英以为是纱伦这个新官在立威,把账单挂到纱伦头上。

头一个月表面上相安无事。做业务对我来说很容易,并没有感觉出《优雅》和《女人》从所谓调性上有多大区别。这也是全球时尚杂志包括新媒体的共性,无论图片还是文字,大家的供应商相同。挡住 LOGO,叽叽喳喳哪个都是小黄人。另一个共性是,各家的营业额都是最高机密。第三个共性,依赖于上一个共性,各家都号称自己天下第一。

也有不同,开会方式不同。风尚大开大合。简珍斗老许,每个月管理层会议前十五分钟,简珍叼根烟当众说,《女人》上个月业绩不错,新媒体更是亮眼。杂志选题一塌糊涂,特别是市场活动的流程安排一无是处。老许,好多年了,你怎么还是这么笨。特克斯反差大。《优雅》开大会的时候，编辑部、新媒体、销售部、市场部四个代表，讲市场严峻，竞争对手都给客户送黑钱，客户心眼子多，大鬼驱使小鬼，小鬼难缠。但因为团队卓越，次次化险为夷。这时候韩英先鼓掌，掌声雷动。财务最后说，这个月数字还差五百万。销售老大说，哎呀，因为新媒体团队变动，有的客户在观望。说完下意识斜眼看韩英。台词不错，这一眼多余，可惜了。

韩英在特克斯闹事，有个绝招，提离职。这跟谈恋爱动不动说分手类似，人爱你的时候，小嘴一噘就等于电闪雷鸣。公司当然爱她，毕竟《优雅》杂志曾经也做五个亿的生意。撇开国际版权价值以外，她也精明强悍，顺着大潮建立个人影响力。她认为，这张脸和这本杂志不可分离。要离，只能是老娘甩了你。

5月中的某天晚上，我在办公室磨蹭。办公室楼下是一片绿地，高架路横在绿地上空，车辆拥堵。车灯闪烁连成一线，像塑料珠子串成的廉价项链。车里的人，有人拉活，有人赴宴，有人着急回家。有人说不定喜欢堵车，人多挤在桥上好歹热闹，这些人的家里可能和我家一样，只有心跳的回音。

饿了，准备收拾东西下楼。纱伦发微信给我说："还在吗？来一下我办公室。"我看到她的时候，她对着电脑。她说，韩英刚才来找她提离职。我咧嘴就笑。她又说，韩英哭得很伤心，哭了三小时，说她对调整很失望，问能不能把架构调整回去，让我负责《优雅》的部分表面上汇报她。她面子上过得去就行。问我咋想。

换作今天，我肯定一口答应。那时候我还不满三十岁，认为自己聪明，强悍，光芒四射。我坚信世界之所以进步，正是因为新人从未听信老人。飓风掀翻老朽的泥瓦房，那就是飓风的本意。我说不，从跟人创业开始，我便只汇报公司总裁了。

纱伦笑，说："知道你不干。我让她回去写辞职信。韩英是个人物，她离开势必引起市场震荡。你要帮我顶住。"我明白，刚才那个问题是道忠诚测试题。纱伦坚决的态度，让我坐在椅子上，椅子颤抖。我的后腿肌肉不住抽动，就像草原上站在狮子身后的鬣狗一般。她说："韩英的位置让《名士》主编张大刀接任，大刀本人也充满期待。你咋想？"我说我和大刀不熟，但他看起来是个和善的人。

那天回家我点了三种外卖，铺满餐桌。胜利来得太快，以至于我整夜未眠。

第二天韩英如常上班。连续一周，不见她把信发出来。这封信从来不存在。

我还继续干自己的事。不能说不失望，但这个失望也就像初秋穿腻了短袖，盼望天气变冷了穿西装，盼一周再一周，还热。仅此而已。副热带高气压，敌不过大气候。纱伦虽然没有表达什么，但肯定比我更失望。这个机会过去，意味着财务准备好的几百万遣散费又回来了。真要硬拿下韩英，美国人接不接受这个决定都不好说。

一个月过去，韩英应某品牌邀请到洛杉矶看秀。看秀行程结束后，人没回上海，也没请假，从洛杉矶顺道去了三个时区外的纽约。她跑到特克斯总部楼下堵门，给全球总裁大卫发邮件，说不见她，她就不回去。大卫只好说在她酒店大堂吃个早饭。韩英又哭，先历数自己十余年的勤劳苦功，特别是在产房病床上还用手机遥控杂志大活动。主编在大活动中主要是给客户和艺人排位置。这不是个好干的活，只有杂志的一号人物有资格干。没排好得罪人，还容易上热搜，大家都来嘲笑你。韩英另一方面又说，她十分支持新媒体改革，和我相处很好，只因纱伦挑拨，导致无法合作。但事已至此，公司只能放弃调整，回归原状，否则杂志核心团队都会不稳定。

大卫是纽约数得上号的人物，曾是某大刊的出版人，大风大浪都见过。在公司附近，酒店大堂，他对面坐着一位亚裔妇女，正在啜泣，说三个单词，抽口气，撸一把鼻涕。他深知如果不说 OK，之后韩英每说一个单词，就会抽口气。体面是至少两个人参与的游戏，体面难，打滚简单。当一个人料定另一个人惧怕难堪，难堪就变成了不可告人的把柄。大卫说 OK。韩英从飞机上拍纽约的云，像心里长出来的白棉花，一朵生出另一朵，往上塞满大脑，往下塞满四肢。她感到有力量，自己又是那个优雅的女魔头了。

大卫说 OK，其实并不是怕体面扫地，他要退休了，退休前把特克斯中国区卖掉，能赚一大笔佣金。成功出售之前，最好不要有人搞事情，影响售价，也影响提成。都要保密，不如顺水推舟。

四十一个编辑从二十七楼搬回五十五楼。纱伦感到愧对我，说过好多次对不起，说我还年轻，不要走，留下来等机会。还说，如果我不习惯在上海住，也可以搬回北京。

当时我不满三十岁。公司每个月按时给我发工资。我并不想去公司，去也无事可做。美国公司员工都很实惠，我在公司走路去厕所，对面来人远远见我，立刻背身让道看手机。好像和我点头微笑被人看见，便是跟在野余孽有所勾结。张大刀是个好人，他不在意，总喊我吃饭，下楼抽烟。那天在吸烟区，我说："你这艺名好威猛，怎么想起这个名字？"他被烟呛了一口，缓过来说："我是'大'字辈，我爷爷给我起名大刀。"

我从那时开始失眠，晚上总觉得能看见大芬在开例会，我走以后，剩下的人都变成她的狗腿子。她在会上说："你们听说阿帕奇在特克斯被韩英按在地上摩擦没有？"说完举起戴满首饰的左手捂嘴。有时候又看见一台八人大轿子，轿子上面坐着韩英，她斜眼看我，看完也用左手捂嘴。

闭起眼睛天亮了，我拉窗帘挡住光。夜里不关灯。二十四小时都睡不着。委屈和伤感每天都变深一点，我像一个在沙漠中求雨的人。

遛空回北京，草田和安史天天找我吃火锅。草田说不要往心里去，打牌还有输赢。我说不是输不起，公关稿才发，有反应慢的人昨天还在恭喜我，羞死人。她说："我工资比你少一大半，你还不干活。要不然我俩换，你走了，大芬现在天天收拾我。"

吃完下楼开车，安史看不惯我的车。离婚之后，我把小迷你换成凯迪拉克。他看见我就说："你以后不要开这个车跟我们一起出来，丢脸。"我从不和他争辩。朋友是世界上最好经营的关系，好话来了听，坏话来了就当玩笑话听。听完就散，有话说再聚。亲情和爱情不一样，距离近，又不好散。找不到话就乱说，听的人也闲，听着感到话里有话。所以家里有人的嫌烦不爱回家，家里没人的孤独也不爱回家。不如找朋友。

我那时候已经开始频繁发烧。烧起来去输液，退烧就停。来来回回一个月没好。我心想怕不是得了艾滋病，三天两头跑地坛医院查血。第一次查，前两天更睡不着。我想如果我感染了，就自杀，反正这一摊子羞耻理不清楚，不想解释，一了百了。又怕死，熬夜查论文，看案例。决定好好吃药，不给社会添负担，苟活下去。又想，那这样子是不是不能找女朋友了。

结果出来，阴性。我怀疑结果不准，隔三天继续查，还是阴性。

怀疑自己有病，是一种慢性病。五天以后我又去了医院。医生看到我和检查报告，翻白眼，说："我问你，你最近是不是遇到啥大事？"我点头。他说："你不要来找我了，你去精神卫生中心挂个心理科。"我很生气，想投诉他，因为他翻白眼，说我有精神病。但我忍住了，说："医生，我来了三次，就怕你说我没病，花钱来看，你总要给我开点药。"

后来我去找精神卫生中心的医生给我开了药。医生让我坚持吃药，多跑步。连续输七天抗生素之后，发烧也好了。

从上海到北京一千二百公里。飞机飞行一百零五分钟，高铁最快需要四个多小时，开车则要一天。我把所有行李装进车里，开车回北京。那天因为堵车，我开了一个通宵。清晨六点，建国门上铺满晨光，像座秃黄的空山。我隐约听到整点钟声，飘在半空，仿若一条蟒蛇，游来荡去。

城市本身没有色彩，水泥和花草，风霜和月光，工地上的噪声和便利店，都是雷同的。人感到城市的温度是因为人，因为事。一旦欢喜的事件消逝了，水泥和花草，风霜和月光，加上我，通通变成时间的尘埃。

4

"早上好，我是刚刚接任金标管理职的塔妮娅。我通过朋友拿到你的号码，问候我们行业的希望之星。希望有时间喝咖啡或吃饭。"

这年头发短信给我的，除了招商银行，一律当骗子处理。上当受骗的要么是笨蛋，要么是赌徒，要么是闲人。我回："你好，我们随时见。"

这饭约在华茂丽思卡尔顿意大利餐厅。她说她十年前已是台湾金标的总经理，因为性格强硬，被迫离职。十年间又埋头干过许多基层工作，这次被邀请接任中国大陆地区总裁之前，她刚刚通过司法考试，准备当法官。我问，在台湾也流行考公务员，找铁饭碗？她说因为热爱。我表现出很佩服她。一方面我从未热爱工作，我是个木匠，给人打柜子。打柜子只是为了偶尔可以不打柜子，躺平享乐。另一方面，她想告诉我，我眼前是一张饭票。

饭吃了很久，直到她惊站起要去开下一个会。她拿酒杯碰我的水杯，说一定找机会一起工作。很多年以后，我听说，在那个时间段，她凭借那条垃圾短信，和这行业的好多人一见如故。

当时的北京资本繁荣，钱多，多到梦想都不够用。但凡有梦想，写一页文档就能拿一千万天使投资。有个咖啡馆叫漫咖啡，多半由于商标注册问题才没有叫梦工厂。很多时候梦境都是沥青般的一潭黑水，钱扔进去，生出来手机上一个 App 图标，那是留给资本的纪念品，等于摸奖摸到谢谢惠顾。当然也有阶段性成事的，比如赔钱的某共享单车，比如开始赔钱后来赚钱的某打车软件。

无所事事的时候，安史爱合计，他去找钱，让我创业，因为我懂新媒体。他想做一个陪有钱人买衣服的软件。有一大堆暴发户，有钱没品位。时装编辑有品位没钱。天造地设。我说不对，需要买衣服来显示自己有钱的，还不是有钱人。有钱人买衣服都是买一堆，下一季再买一堆，衣柜堆不下了，扔一堆。穿还是那三五件。社交媒体成了的，微信以外就是陌生人交友软件。他说交友软件太多了，现在进场晚了点。我说要不然我们做个宠物配对软件，猫狗看对眼了，不妨碍主人也看对眼。他拍大腿，他和我说话常常拍大腿。

我们在漫咖啡见过、聊过几次，投资人还是想做人的社交。人很多时候会犯个错误，认为别人能做的，我也能。看人做馒头，当然也可以做。别人造火箭，其实最好当个观众。来晚了不怕，我说，这破杂志没混头，让他要不去找互联网公司上班。安史行动力非凡，转脸跟某共享单车面试上了。

创业没谈成，谈成一单业务。安史介绍我给一家车企杂志写卷首语，只写一篇，给了我五万块钱。我说一人一半，他说："走开，老子不缺你这点。"

塔妮娅再次给我发微信的时候，草田和安史正在芳草地新元素餐厅。那天两个人面对我，大声唱生日快乐歌。我三十岁了。草田说："借你的蜡烛许愿，从今往后再无糟心事。"安史说："对，就从现在开始。今天早上那家单车公司刚把我拒了。"

二十九岁生日的时候，我一共收到鲜花、蛋糕和礼物共计四十余件。三十岁生日，加上眼前这一个蛋糕，一共三件。剩下还有表妹送我的椰子鞋和纱伦代表公司给我的蛋糕。这天以后，过生日当天我绝不在办公室。因为心意属于这间屋，和屋里的那把椅子。

塔妮娅问能不能今天见一面，急事。我说我也有急事，三十岁生日，约了人。她让我在那之前给她半小时，真着急。我骑车到瑰丽酒店酒吧。她先到。端杯啤酒，大口、大口喝，不等我坐定，说："你可不可以做《睿智》杂志的出版人？"这本杂志是全球影响力最大的男性杂志，也是安史所在的《男人》杂志的竞争对手。我摆手，说："我是个木匠，你要找家具店的营业员。术业有专攻。"她说："卖手艺和卖柜子横竖都是卖，何况这柜子是你做的。再说，我听人讲，《女人》杂志的大芬，以前卖哈根达斯，后来卖广告不也卖得蛮好？"我摆手："你看她那样，出版人三个字像一件洗缩水的毛衣，套在她身上，自卑是穿在里面的秋衣，随时都在露馅。"

我说："倒是有个人合适。但你需要跟那个单车公司竞争，他刚刚拿了市场总监的 offer。"谎言在恰当的时候，会变成魔鬼写的诗。这个自称罗永浩粉丝，又崇拜大陆蓬勃商业环境的台湾女士，中邪一般，说让我现在给她拉群。

他俩一拍即合。当天晚上十一点，塔妮娅在微信上发截图给我，offer已发送安史邮箱。

三周以后，待安史多少熟悉了新环境，我们三人自然相聚到蓝色港湾河边的餐厅。那天他穿一身灰条纹西装，驳头平整，肩膀的高袖山挺拔而柔和，细看扣眼有手工痕迹。男的在上海穿西装，熟人会说，这西装不错，一看就贵，杰尼亚吧？在北京穿西装，出电梯碰到熟人问，今天开会啊？上楼有人问，今天约会去啊？出来上厕所，有人问，咦，今天谈大单子！

我伸手拉他驳头，新衣服不错哟！他笑说去TB定制的，当了出版人，置办点行头，一共做了四件。我问他到底拿了多大个合同。他抿嘴，眼珠子转向左下角，再转回来，上门牙咬了下嘴唇，说公司不让说。以前，我们三个的工资互相知根底。我说："稳住，做了的就算了，省得试用期没过，倒赔钱。"草田瞪我一眼，说："你那个狗嘴里说点好话都那么难听。"

安史一杯接一杯。平时他爱听我说话，爱拍大腿。那天基本都是他在说，讲出版人在他们公司地位崇高，以前当过他上司的那些老同事，现在远远看到他，会变成站岗的哨兵，停下来，跟他点头微笑，喊安总，脸上堆笑，在原地目送他走远。又说他要重新规划《睿智》的公众号，把它做成全中国第一。我说现在堆量有点晚了，除非能花钱买号导粉丝。他没想到我插话，皱眉头，说："你不懂，我有办法。"

那天晚上草田和我正常接话，安史说了十几次"你不懂"。我连公众号都不懂了。能理解，那年我膨胀，也认为自己是梵蒂冈高墙上的壁画，别人看我，需要抬头仰视。我也喝多了，醉了情绪容易激动。一句话没对忍过去，是因为有感情。十句话都不对，就过不去。本来是喜事，但话不投机，不由得想，他这工作难道不是我介绍的？嘴上不好说，只好用其他话顶他。他站在山丘尖尖上，接过我的话又撑回来。草田感到尴尬，裹起三床毛毯仰头睡过去了，嘴巴半张，远看像一只水族馆顶球的海豹。

不欢而散，时间已近凌晨三点。让代驾师傅直接把我拉到朝阳医院急诊，难受，必须输点葡萄糖。大医院急诊人多，车祸的、挨刀的、戴呼吸罩的优先。我坐在长椅上看一个妹子双手捂住腹部，脸色惨白，汗水似暴雨般流淌。穿护工衣服的大婶好心问她："姑娘，开几指了？"妹子有气无力说："我肾结石。"

5

坏日子过起来慢，今天无聊不要紧，怕就怕想着未来的每天都无聊，好日子都在身后。我常常孤身坐在户外吃一家泰国菜，不是多好吃，而是坐在那里能看见风尚大楼，遥望我以前的办公室。另一方面，我又期待好日子快点来，这种期待就像剥刚出锅的鸡蛋，三两下剥不出来。

我正在吃鱼，草田发微信给我，说简珍被拿下了。我问她是不是酒还没醒。没回我。连续又有好几条微信进来，简珍确实被老张拿下了。我有点恍惚，老张啊老张，你还真的下了一盘大棋。想发微信恭喜他，顺便暗示说您看，我现在还配不配当颗小棋子？又想，他要面子，去年那六个小时的聊天，我没给他面子。都是玩笑，老天爷你玩弄我。边笑边吃一大口鱼，扁桃体好像被蚂蚁狠咬一口，鱼刺卡上了。

我又到朝阳医院看急诊，护工大婶都认出我来了。我说被鱼刺卡了，她说上七楼耳鼻喉科。医生最讨厌拔鱼刺，同样挂号费，本来一分钟看三个，拔鱼刺搞不好半小时还没找到。果然，找了半小时，医生说，没鱼刺，可能是刮伤有异物感。她的诊断让我觉得好像确实没有。

走出医院十分钟，我觉得还有。上网找一家号称拔刺圣手的私立医院，医生用喉镜找，说没有，可能我自己咳出来了。我又信了。第二天睡醒，不对，鱼刺还在。我拿手机照亮扁桃体，食指在扁桃体上摸，它就在右边扁桃体右上边缘处。我又跑去朝阳医院，医生看又是我，用像看儿子考了50分的语气说："你又被卡了？"我说还是那根，我摸到了，在右边扁桃体右上边缘处。她扯出一次性镊子，那股子气势，让我觉得她若找不到鱼刺，要顺势刺破我的喉咙。找到了，不是鱼刺，是半颗花椒嵌在肉里面。这下好，我和医生都猜错了。我说谢谢医生，她说以后少吃鱼。

安史约我吃饭，说这么大的八卦，聚一聚。我心眼小，记仇，不想回他。他又说："那天是我不对，你也理解我，刚当上这个出版人，我压力很大。"我说草田今天出差了，就我们两个。他问我们吃哪家。我说不吃鱼。道歉，有时候像宿醉后餐桌上那杯隔夜可乐。漏气，但解渴。

他的江城习性很顽固，必须吃辣。我胃不好，基本不吃川菜了。这天在火锅店没喝酒，大家心里都有点阴影。我们聊八卦，聊行业各种变化，他提出让我去《睿智》当主编。我很缺工作，但这事该塔妮娅来说。他又说起他小时候，其实是个练武术的专业运动员。因为他爸认为他小时候看起来有点娘，把他扔到武术学校，希望他多些男儿气概。他不喜欢武术，坏就坏在天赋异禀，以至于套路教练和散打教练都抢他。我很吃惊，说："没看出来啊，幸好那天晚上我们没动手，不然你怕是要坐牢。"过不去的事，能拿到餐桌上开玩笑，就说明过去了。

他的爸妈很早离婚，他一直跟着妈妈生活。他爸让他也很困惑。娘不娘，man 不 man，出色或者平庸，喜欢吃辣喜欢吃甜，儿子就不是儿子吗？但有时候儿子身不由己。父亲是金主，又是权威，还是儿子学习生活的大模型。员工不喜欢老板，都只能脸上堆笑心里恨。归根结底父亲对于儿子是一种更大的胁迫，成年以前，儿子也无法写一封辞职信。他又说，这些困惑，他没跟人讲过。人的心里话找不到合适的人讲，装在心里，变成心事。心事在心里堆久了，就像灌水的黄豆，越来越胀，胀得心口痛。我说："没事，奋斗的意义不就是让人做个完整的人吗？你不再吃他的用他的，反倒没事给他打点钱，买件衣服。"他笑，没接话。

出门开车，他又说："我准备换车，这个车卖给你好不，不要再开你的凯迪拉克了。"我说没钱。他说先拿去开，钱不着急。我挥手说拜拜。他上车前，回头笑说："现在真的是我们的天下了吗？"

抑郁症好了，失眠好了。到底是凤凰还是鸡？这个问题已经得出答案。曾经是凤凰，或者塑料凤凰都不重要，现在是鸡。

无论干什么，只有一个念头，离开时尚杂志。有个朋友在"画报网"当总经理。这是家美资公司，是最早一拨中国十大公众号之一，那年跟《女人》公众号并驾齐驱。她找我，说想把"画报"买出来，自己做，想找我这一起干这个事，一起去找钱。事发突然，我用一秒钟消化。她又说："你不要担心，你来我们俩就是商量，不存在汇报关系。"我说："不熟悉我的人，觉得我小心眼就算了。你了解我，就知道事实如此。"

有目标的日子过得很快，我们跟很多资本接触，并口头约定操作时间线。资本期待这个约会，就像十七岁的新兵等待第一次假期。2018 年过年后，我跟纱伦提出离职。她还是不想让我离开，问："你就不能再有点耐心？公司会有变化，你相信我。"她说的变化就是特克斯中国要出售，传了一年多。韩英纽约上访之后，她俩的矛盾也被放到桌面上。美国为了安抚韩英，甚至给她一个新头衔：《优雅》的 CEO。真是温水泡海参，美元变日元，一方面敢想，一方面敢当。一个公司，两个 CEO。名义上，韩英还汇报给纱伦。我说老板，你对我好，我记得，但我等不到变化了。其实我不相信。我们商定，3月底，我彻底离开。

纱伦是个华裔美国人，很小跟父母移民香港，中途又去洛杉矶。不知有意无意，特克斯只用外籍人士担任CEO。她是个好人，也是出色的管理者。出色在于不懂的事交给懂的人做，并不因为是老板，装懂。这很难，装懂是权力的需求，更是自尊心的需求。韩英本来也这么认为，自从纱伦口头批准她离职，就结仇了。我在这事上获益良多，日后谈恋爱，别人说分手，我一律强力挽留。结仇就难了，所谓面上过得去，不过是笑脸说刀子话，讲事，开会，聊闲篇，话里面装的都是积怨。这事韩英擅长，纱伦不擅长。久而久之，她俩就不说话了。有事通过助理传话，韩英传的话也带刀。纱伦的助理心善，刀子话来，要先把刀吞了再说干净的部分，吃一年刀子下来，心伤重，瘦了十几斤。

离我在特克斯最后一个工作日还剩三天，下午纱伦发微信给我，让我到北京办公室找她。我们散伙饭已吃过三顿，真是送君千万里，少一里都不算数。她说张大刀突然提离职，让我别走了，去《名士》当主编。事发突然，我需要一秒消化。她又说："这次跟韩英就毫无瓜葛，你不仅要留下来，还要比她做得好。"冲这句话，我说好，加钱不？

张大刀离开前我们吃饭。我问他："要去哪里？咋神神秘秘的。"他说哎呀不能说，让我允他保密一次。他是我的朋友，平时心里话也都跟我讲。我在"冷宫"的时候，我们一起去纽约开会。他带我吃饭，帮我翻译，又介绍他的朋友给我。我这个人记仇，也记人好。

两天以后，安史告诉我，大刀被塔妮娅挖去《服装》杂志做出版人。那天晚上，塔妮娅带着安史和大刀，喊我去一个叫 High Line 的酒吧喝酒。酒吧生意好，我们站在门口等位置。安史说："现在大家都在传我们把大刀挖来《睿智》当主编了，哈哈。"大刀木然说："我才华不够。"这话悬在半空中，仿若被猎手击中的老鹰，猝然下坠，砸落在地面上。几周前，安史还不认识大刀，找我打听这个人。我说他去《睿智》当主编可能才华不够大，但他肯定是个非常优秀的出版人。看大刀那一刻的表情，安史把我的评价告诉了他，多半只有前半句。

音乐声很大，那里有个水晶球，光斑旋转，像鱼缸里的微生物，打在每个人脸上。塔妮娅头发短，戴白色方框眼镜，身材高大。她的头随音乐左右摆动，仿若从更衣室走向拳台的拳王一般得意。把《服装》和《睿智》两本大刊的出版人换成自己人，用时十个月。政治上她应该得意。

我始终是个内向的人，大刀也是。那天晚上太吵，说话要贴着耳朵喊。我俩很难做出这个动作，就看安史和塔妮娅聊了一晚上。我为我的朋友开心。吵闹间，听塔妮娅对我说一句："现在就差你了。"

4月8日，蹉跎整整一年之后，新的公关稿又来了。很多人发微信恭喜我，其中九成人，他们的前一条信息，是一年前发的，也是恭喜我。我像小鸡般疯跑，太阳斜刺里照过来，我和小时候一样，追逐我的影子，和它赛跑，势均力敌。

这次我不租房了，有阴影。后来有同事跟我说："原先那个房子风水有问题。首先小区在三岔口，一条路直冲你住的单元楼。大水冲了龙王庙，犯大忌。二是那个宝山路，以前是火葬场，这事你不知道啊？"

我常住老锦江酒店，离公司一公里多，走路上下班。上海大部分时间都适合走路，阳光和煦，湿度宜人。走路本来是美事一桩。比如自己穿着时髦，跟街道上时髦的人交相辉映。这时人变成某种乐器，各种乐器齐发声，整座城便开始共鸣，奏成一曲交响乐。无论顺利或不顺，具体的生活本身会安慰受伤的心，这是上海的魅力。北京差一些，精心穿着，除了费唇舌跟人解释，还要费力清洁。春天有沙土，初夏飘柳絮，隆冬吃霾。

那天躺在床上已过凌晨，电话响了，塔妮娅说："《睿智》杂志邀请你当主编，考虑一下？"我说："亲人，你不搞笑，今天刚发完公关稿。"她说："《睿智》编辑团队集体离职，宇宙第一大号真不考虑？"意思我懂，这是个大桃子，去，等于白吃喝，要变相包养我。我打工有个习惯，跟老板谈个数，你要一个亿，我给你赚一个亿。我要二百六十万，你给我二百六十万。公平交易，手手清。无论什么样的领导，从无凌驾我的情况发生。我说："心意收到，来日方长。"

第二天下午五点，安史约我吃晚饭。我才发现塔妮娅搞笑的邀请没有搞笑。还吃川菜，就在我办公室楼下新天地的孔雀餐厅。我说："你能不能不说那事？我不做妄人。"他说："机会难得啊，塔妮娅从来不这么直接挖人。你来了，市场就真的是我们的天下了！"我笑，说："你这才去大半年，咋你们公司就等于天下呢？"金标这公司文化有意思，跟某奢侈品牌的调性一脉相承。员工入职起，便通了神性，好像诸神众佛都挤在这家公司，俯看苍生，个个歪瓜裂枣没有人样。如果哪天手指点到你，那是天降福报，得道了。

他问，三百万如何？我说，我是比特币，一天涨了一百万。他又说三百五十万。我不接话。他又说："现在我们公众号气势如虹，每周给团队分二十五万现金。以后由你拿这个现金去办公室分。你不想分，就自己拿。"我说："你们去哪里找票把这么多钱报出来？"他问："你到底来不来？"我说算了。后来每每回忆起这件事，我也不曾后悔过。钱不是我的仇敌，只是我了解安史和塔妮娅。我是个包工头，塔妮娅是皇帝，安史是小皇帝。皇帝需要奴才，奴才卖产品，更要卖服务和卖尊严。需求不对等，谁也不是谁的灰姑娘。

饭后安史拉我在翠湖遛弯，翠湖只是几百平方米的人工洼地，我们如塑料轨道上飞驰的玩具车，逆时针转了几百圈。话也转了几百圈，从哪里开始，在哪里结束。白说。

6

之后半年风平浪静，我们收购了一家粉丝活跃但经营不善的公众号，把它合并进《名士》公众号。商业收益顺势增长，我非常冷静而顺利地恢复元气。这次不膨胀了，我成熟了。大部分的成熟，只是因为人习惯了倒霉。

《优雅》杂志是个八卦集散地。比如，我和纱伦有一腿，我和我的出版人谭老师有一腿，这些都是由《优雅》杂志编辑部传到客户那里，再传回我耳朵。一问，韩英编的。刚开始，这种消息像只蝇虫从我耳朵钻进去，顺着食道往下滑，在心脏中寄生下来，筑巢产卵，搞得我好多天不得安生。

有次我跟一个客户吃晚饭，聊些闲话。在上海吃晚饭，等于把买卖做成了朋友。我们面对面坐，餐桌宽，菜点得多，以至于说话都要往前凑。吃完各回各家。一周后，有人说看见我和客户亲密晚餐，情到浓时，还相互喂食。听到这个故事，感觉她或我，其中必有一人中风，需要护工喂食。自那以后，我开始自己讲述自己的谣言。讲完假的，再讲些真的。我本来单身，个人生活也丰富。情场上无非那几件事，可是人偏偏就喜欢重复这几件事。而且别人的事新鲜，自己安定下来不好找新鲜的，那听听别人的新鲜也带劲。这样一来，听的人更开心了，无谓真假。

韩英攻击我，合理。本来被打飞的人，现在又飞回她眼前了。如果一个人的生活是牢笼，即便她的眼睛穿过铁窗，看到花花世界，每朵花儿都是陷阱的诱饵。就像川渝的农夫可不认为阳光明媚是好心情的隐喻，对他们来说，世界是一座微波炉，阳光是杀手，使人灰飞烟灭的炽热射线。

另一个八卦是真的，特克斯正式进入出售流程。纱伦让我们准备 PPT，一周后去毕马威见潜在买家。小时候，我梦想写稿养活自己，多想点，想当主编。没想有天能坐到毕马威的会议室去。虽然本质上我们只是商品。

买家一共三个，一家背靠泰国资本，一家美国经纪公司，一家国内房地产公司。泰国资本诚意最大，不出价，等其他两家先出，之后参照其他两家的最高价加一亿，可以在香港交易，且交易后立刻注资五千万现金给新公司，做发展储备金。

如此一来，其他两家定然陪跑。头天上午，泰国金主单刀赴会。大部分人都是首次出席这种场合，现场心跳声大作。空气黏稠透明，好似果冻一般，纵有蚊子飞过，也会缺氧窒息。金主看来三十岁出头，手里拿件夹克，穿 T 恤，丝绒阔腿裤，大头白鞋。肩膀宽阔，手臂强健，明显长期坚持做无氧运动。除他以外，包括他的帮手们，来自德勤，男女都西装革履。后来知道，此人自己投行出身，今天出挑装扮是有意为之。生意场上的规则也有次序，钱为大，所以无人见怪。

特克斯中国一共六人出席，按顺序，纱伦先讲，韩英其次，我第三。纱伦讲述宏观，但求平和。韩英走上台那刻，兴奋如听枪起步的运动员，嘴角似被图钉钉在耳垂处，放不下来。她戴两个黑心白圈的耳环，谈笑间若一对大眼睛忽闪。她双眼对准金主，目不斜视。陌生人直愣愣看，被看的人难免尴尬，何况这一张脸上四只眼。金主不时低头，玩起手腕上的金镯子。

PPT翻到第二页，是一棵圣诞树。这棵圣诞树用了十年，整个上海都熟。这棵树把《优雅》杂志囊括其中，显得立体丰富强大。韩英是树尖上的星星。但今天的圣诞树没挂对，她把《名士》和《豪车》两本杂志挂上去了。我们每个人的PPT，前一天都要经过纱伦审核，再发给助理，助理发给毕马威。韩英私自改了PPT。通常大部分人在美德和下流之间，选择纠结。她不纠结。

纱伦瞪她，她在看金主。我在打腹稿。十分钟后，表演完毕。毕马威的人帮我打开PPT，我站起身说："麻烦帮我关上，我不赞同韩英刚才讲的。"因为激动，起立的时候屁股夹猛了，导致我左半边屁股抽筋。金主和所有人回过神来，都看我。我隐蔽地抖抖腿，接着讲："韩英不尊重会议秩序在其次，我想讲一讲她为什么没有资格领导男刊。今年，《睿智》杂志美国版刚刚拿下普利策新闻奖。几十年前，海明威在《男人》杂志上连载小说《过河入林》。男刊从来不只是吃喝玩乐，它是艘装载梦想的飞船。每月发刊，人间只是其中一站。这艘船上，必须要有文学、远见、睿智和自我反思。韩英，以前干电影发行，也就是作为销售入行，从未接受专业文学或者新闻训练。她懂吃懂喝，还不一定懂玩懂穿呢。"

我斜眼看韩英，她抿嘴笑。这个黑人牙膏商标般的笑上海也熟悉，上嘴唇抿在下嘴唇上，嘴角微翘，牙关紧咬。或许用力过猛粉涂多了，她面色煞白，看来活似半透明状的陶瓷娃娃。神色涣散，好像落入黄河水中的人，眼前一片浑浊。我又说："她不具有领导或者制作男刊的能力。狂妄，自大，不尊重历史可以说因为愚昧，但请尊重知识，知识是愚昧的解药。我说完了。"

言毕，我的汗水一颗撞进另一颗，汇成小溪，从后脑勺往下，直至被我的裤腰拦截。纱伦用眼神给我点赞。特克斯的国际部总裁戴蒙，用眼神给我一把刀，赐我自尽。金主看我，似笑非笑。休会。

找链家买房子，买家和房东见面，必须约在链家办公室。聊完，聊得好不好，链家的中介都说，要不房东先走，他们再跟买家单独聊聊。怕跑单。买卖公司同样，金主和我们按理说也不能单独接触。我在厕所洗脸，金主进来。他笑，先伸大拇指，再拿手机示意我加微信。我感到安心，现在只有戴蒙想让我立刻消失。他认为我当场反击会搅黄这单生意。

那天散会以后还早，有个编剧朋友来找我，说正在写时尚杂志转型的剧本，想和我聊聊。我说找对人了，我就是那个天天挨锤的角色。三年后这部剧开播，名叫《盛装》。豆瓣评分5.7分。有评论说剧情假，斗太凶。说编剧肯定都没上过班。其实挺真的，台词逻辑行为都很真。观众感到无聊，可事实如此。

《末代皇帝》里面，溥仪长大到快十岁，还在追着奶妈吃奶。退位的一众皇太妃认为不妥，要把奶妈送出宫。溥仪跟在轿子后面追，一边哭一边喊，直到被一众太监按住。他自言自语："她不是奶妈，她是我的梦，我的蝴蝶。"中国小朋友显然说不出这句台词，蝴蝶是西方语言里对美和优雅最好的隐喻。当文采美妙到极致，引人眩晕，没有人去想这句话溥仪他说不出来。

可是美好的修辞过于频密使用后，往往会生出反面意义，比如时尚花蝴蝶。这一类人在人群中翻飞，酒杯碰上酒杯，就像冰雹碰上地面，撞击出声响，又不留痕迹。他们认为自己是焦点，是天赋光环的舞蹈家。有时候，他们像漂泊在海面的桨板，飞舞于潮起潮落之间，不过只是大海的玩物。

我看完《盛装》问那个朋友，里面为啥没我呢？他让我看王耀庆那个角色，说多少有我的影子。我说，绝交。

那天晚上上海下雨。黑夜像满身长眼的妖魔。电闪雷鸣的时候，妖怪吃掉了月亮，月光透过妖怪眼睛，一闪一闪地呼救。

戴蒙非常生气，他让纱伦开掉我。纱伦说："好，明天就让他走。我和他一起走。"老头子一想，第二天要见其他两个金主。怂了，就说："当我没说。但你劝他要冷静啊。"

两个陪跑金主明知陪跑，第二天聊得意兴阑珊。韩英的圣诞树倒是变回了老树。泰国金主和我同样住在北京，我们在北京见面。他说："你在毕马威很勇敢嘛，世界就应该是年轻人的。但今天我们见面必须保密。韩英我不会用，以后主要依靠你。"

是啊，世界之所以进步，都因为年轻人从未听信老人的话。我们都是年轻人，十年之后，还有另外的年轻人要掀翻我们。

我是一个很会保密的人，肚子里装满很多人的秘密。可是我常常在另外的地方听说这些秘密，问才知道，这个秘密被秘密的主人揭开了。

7

周末在上海有品牌活动，我和安史自然都留在上海。又吃孔雀川菜，不过这次他约到嘉里中心店。席间他问："栋梁怎么样，听说他工资挺高。"栋梁是某杂志的设计总监。我说："搞艺术的多爱留长发，当你和他聊天，看他的作品，发现他们最艺术的地方，就是长发。"

吃完他让我去看看他在上海租的房子，就在嘉里公寓。我说他们公司好有钱。他说四万五一个月。我说我的租房补贴才一万七。房子不小，两个卧室。我说："这房子不错，你们家那口子来了也能住。"但他自己住小卧室，我不解。他说小卧室小，暖和。

他又说："我上周跟 A 牌的客户杨木吃饭，她说了些对你不好的话。"我和杨木认识，但无深交。她和大刀是好朋友。他又讲，杨木说大刀走以后，《名士》杂志越做越差了。我先意外，又感到正常。世界上有人喜欢低温慢煮牛排，有人觉得低温慢煮牛排是捂臭变粉的坏肉。能理解，可接受。再说，安史是我的朋友，杨木是我不熟的客户，信熟不信生，我信他。安史说要我保密。我说他以前那些秘密，后来都是别人告诉我的。他笑，说："还有 B 牌的肯，我每次在他面前提你，他都转移话题。

你是不是得罪过他？"我好生思索，肯和杨木同样，和我毫无过节。我抠脑壳，说没有啊，我跟他就见过一次，加起来说话不到十句。我又想，可能是长相问题，长丑了。

长相当然也是生产力。这个话好像政治不正确，因为重视长相就忽略了心灵美。反正小时候老师总希望我们大家都丑一些，丑得平均。穿衣要穿校服，男生剃平头，女生剪短发。有人不服，剃光头，也不行，丑得出了格。头发留长或者染发，美得出了格，叫注重穿着打扮，要请家长。后来人长大，谈恋爱、找工作、做生意，发现长得好会打扮的，把把赢。在学校不把你当人，出社会重新学做人。是不是可以建议，以后男老师女老师上班也穿校服，校长也穿。剪平头，留短发，不能化妆，否则扣工资。下班想重新做人，可以戴假发。

泰国金主收购特克斯失败。全球总裁大卫到点退休，新总裁盖伊上位。盖伊长得像个犹太人，也在新媒体领域给特克斯带来过巨大收入，因而被提拔。卖掉中国业务，是因为大卫不看好这个市场，当然也为赚佣金。盖伊新王登基，志得意满，吃了黄豆又灌水，膨胀得圆滚滚，像个皮球。有人踢一脚就能飞上天。在他眼里，他的公司是个球，地球。他绝不容许他的地球是个漏了气的假球。

新皇帝带来他的嫡系。那个想开除我的戴蒙老头被开除了。美国人心狠手辣，他们告诉我的朋友纱伦，因为她跟韩英水火不容，需要另一个更强势的人来做中国大陆地区总裁。但遣散费管够。所以纱伦走的时候并无多少留恋。反而我很遗憾，这种遗憾像发烧时候那样痛。说不出哪个部位出了问题，哪个部位都不消停。她在，好事坏事来了，大家有个照应。她走，不知道新老板什么风格，更主要的是，新老板如果完全倒向韩英，我短暂的好日子就又到头了。

新总裁叫朴太平，台湾人。原本是台湾特克斯总裁。上任第一天就砍掉各刊出版人，理由是出版人无用，以后由主编承担出版人角色就好。等于说开面馆卖牛肉面，为了省成本不放牛肉，但还叫红烧牛肉面，名字和图片仅供参考。多快好省，这是大跃进的风格。一个台湾人，倒是把大陆历史研究得很透彻。

朴太平先问韩英："把你的出版人开掉，你准备好了吗？"韩英说十年前就准备好了。出了办公室，韩英一路哭哭啼啼，走到出版人办公室，箭步上前抱住出版人，说："姐妹，我没保住你。但我尽力了。"之后，朴太平又问我准备好了没有。我说："准备好了，但是业绩预测你砍一半。谭老师是我们公司唯一的汽车圈大佬，我确实连那个圈子的边边都摸不着。"一路谈下来，公司最后就剩一个出版人。

第二个动作是靠拢韩英。她俩蜜月期是真亲密，上厕所也先发微信相约，一个人走到另一个人门口，手挽手，头挨头，一同往厕所漫步。

坏回忆仿佛不小心被染黄的白衬衫，尽力搓洗，使劲遗忘，有的地方洗白了，有的地方透着黄。

山火烧起来，是烟头跟风的一场阴谋。有消息说朴太平想让韩英当集团总编辑，所有主编汇报给韩英。在台湾，当总裁年薪到头也就一百万人民币。现在管了大陆，年薪翻了四倍。这才是天降福报。赚得多不是本事，还要赚得久。强龙先拜地头蛇，上海两年，等于台北十年。这个算盘打得清楚，我也理解。

朴太平有个特点，就是自以为聪明。钱赚多了要低调，道理她懂。比如，她会说，公司给她租了个很小很破的公寓，她每天走路上班。不过上海新天地附近，可以走路上班，还很破，那只有翠湖后面的长脚面馆附近的棚户区。那里的房子正在谈拆迁。那时她还不了解自己工作的地方是情报机构，一周后所有人都知道她住在翠湖。

她第二个特点是节约。比如，作为总裁，她请人吃饭总是买套餐。请员工,吃五十八元的套餐,高管好一些,吃七十八元的。你不能抢单,坐下她会叫服务员先来验收二维码。好像是个为公司好的好老板。另一方面,据说,她每个月找公司借款三万,放在助理处。她的生活开销都在这里进出。但特克斯是美国公司,财务流程不允许。那就改流程。

又比如,突然有天财务发现她每个月的报销水单里,都报销一颗灯泡,连续报销七个月。财务问也不是,不问也不是。那情报机构也非浪得虚名,消息传出来,有能人和她闲聊时得知,她台北家里的灯坏了,灯泡一共七个。

再比如,某高级珠宝品牌邀请她参加活动,她见人拿起项链要给她试戴,一个跨步弹开,说"我不戴,戴坏了赔不起"。

更后来,上海疫情,大外企都各显神通,纷纷找到粮油食材,员工基本没有饿肚子。朴太平对苦难倒是逆来顺受,闷不作声,更不说给大家找食物。一个半月之后,大家基本不再为食材担心。她想起要给大家发点疫情补贴。发二百还是发五百,她跟人力争论一周。最后忍痛决定发五百。发放方式也非同寻常,让人力发封邮件,邮件里有个二维码。想拿这五百块,员工必须自己扫码申请。不扫算放弃。等于大家要求求她，给口饭吃。

那个时候，该干的事要干，该说的话还要说。她跟我说，让韩英当集团总编辑，是她想跟韩英做场生意。韩英当上总编辑,就不能叫《优雅》CEO了。我说免谈。你们俩的游戏，不要拉扯别人。不欢而散。按理说，如果她换种说法，问："给你加五万，你接不接受？"我会狠狠犹豫，再拒绝。还有另外一种说法："如果你不接受，你就被开除了，这是你的赔偿金。"都合理，但她的意思是：我有个需求，需要你跪一下，一直跪下去。

他人惹来的麻烦让人倦怠。倦怠像台报废车，在荒郊野外默默腐朽。

从我第一次下台到毕马威交锋，哪怕背后攻讦不曾消停，韩英看到我还叫弟弟。我从不回应，以至于显得我很不礼貌。朴太平跟我不欢而散，又派韩英给我发微信："弟弟，明日下午三点，我们在安达仕喝咖啡好吗？"我回"好"。角斗士出笼不转身，转身必有人头落地。

她长住安达仕酒店，经常发朋友圈，分享她和前台的对话。其中一次，前台说："主编回来了，今天给您升级了套房。"住得多混个脸熟，合理。但她有次去成都优雅咖啡馆，又发："卖咖啡的小妹说，哎呀，主编回来了，欢迎欢迎。"虽然都叫优雅，一百年前也是亲戚，但咖啡和杂志一个属于法国人，一个属于美国人。好嘛，意思都懂，本主编是名人。

她坐在那里，坐在红色的沙发上，宛如那年坐在朗廷大堂时。这不过是我和她第二次面对面。但这不长不短的时间，月亮落下又升起，鸟儿飞过，巨鲸落。我在黑暗中哭泣，在黑暗中接吻，在黑暗中看到天边发灰。这些地球的剪影，好像冬日里的闪电，一闪而过。

她点了伯爵茶，两个杯子。我坐下，她把茶斟满。抬头一副熟悉的微笑。举起杯子，说："弟弟，我们都是打工人，公司有公司的安排，我们拧不过。"我学她，上嘴唇抿在下嘴唇上，嘴角微翘，牙关紧闭。我直视她的眼睛，她的眼睛偶尔看我一眼，那眼神仿佛粗心的手指，伸手摸到涮羊肉沸腾的铜锅，立马甩开去。一边说，一边看左看右，看天看地。

我不说话，示意她接着讲。她又说："我是个母亲，家里有对双胞胎女儿。你是不是马上也要当爸爸了？"我点头。她说："恭喜啊，孩子在路上的时候，新手爸妈最焦虑。请保姆也不是个容易的事，有什么不明白的我们随时交流。"我哈哈笑。我说："你到底想说啥，直说嘛。"

她又举起茶杯，要跟我碰杯。我抱着双手坐定，没动，直视她。她的杯子似乎想帮她缓解尴尬，拖着她的手，碰到我面前的杯子上。她又说，过去的事，让它过去，好不好。我笑着起身，跟她摆手，径直往门外走。

她和朴太平惺惺相惜不是没有缘由的。朴太平只想牺牲别人。韩英呢，捅人一刀，但人没死，好起来了，再相逢时跟人说，我原谅你了。

那段日子，我又开始吃安眠药。我感到我的生活就像伐木工，奋力拉锯，一棵树倒下，走向下一棵。总有天被一棵歪倒的树砸死。

8

《名士》杂志生意蒸蒸日上。我们的年度活动，从招商、举办到传播都异常顺利。活动前，我礼貌地跟所有客户发邀请函。没想到，安史说不喜欢我的两个人都来了。我惭愧，还是自己心眼小了。

生意再好，朴太平对谭老师也毫无感恩之心。即便在我威胁之下，她让谭老师留下来了，但把人的浮动奖金封顶由五十万改成十八万。达成目标上涨20%。降薪，但不明说。

有天，另一家媒体集团的老总和我吃饭，说起他跟杨木是好朋友。我便把安史如何告知我杨木对我不满，但后来杨木又出席我们活动的事讲了一遍。他说，杨木不可能说那种话。我说，安史不会骗我，过去的事就让它过去。他说，杨木是个看起来善良，实际上更善良的人（后来和我多年相处，事实如此）。我当场就打电话给她。电话接通，杨木很生气，并告诉我，在我们活动当天，她和肯还夸我这两年把杂志做得有声有色。

我质问安史，他照旧说："远近亲疏，你自己感受，我有什么理由挑拨你们？你信她，还是信我？"我问那么肯的事又咋说，他说："混上海的人假得很，人面兽心啊，你把事情想简单了。"

那次在蓝色港湾吵架，他说"你不懂"，到后来，进步了，他喜欢说"你把事情想简单了"。翻译过来还是"你不懂"。仔细想想，很多人都喜欢说这句话，本质上跟"说句老实话"类似。当用这样的话开头，他们多半就要开始骗人了。

我想，我从来没把他当竞争对手，或者说即便都做男刊，你吃你的肉，我吃我的草。市场那么大，我的爪子伸不到你嘴边去。现在看起来，安史不这么想，他现在是老虎，我是梅花鹿。他吃饱了，草也不能让梅花鹿吃。吃完肉还要吃点草，帮助消化。再饿，就吃梅花鹿。

安史变了，他戴了一张拥有权力但伪善的小丑面具。人一开始戴面具，抗拒，因为身不由己。戴久了就不抗拒，像习惯慢性病，习惯鼻炎和胃痛。再后来，面具不是面具，面具变成脸皮，人变成这个面具一样的人。

朋友走到这里，就是黄河流到入海口，到头了。

干杂志工作有个实在的福利，就是不坐班。这个月月初看到数字不好，我就会变成跑圈的仓鼠，使劲跑，哪怕无用功，奔跑本身也让人感到安宁。如果 11 月初发现全年目标已接近完成，那么我就变成无所事事的街溜子。睡到中午醒，下午压马路，买衣服。我喜欢工作日在上海坐敞篷公交车。大冬天，敞篷的二层常常仅我一人。风像冷雨般扑在我脸上，梧桐树和我并肩，那时候我是低空巡游的鹰。据说老鹰也对尸体感兴趣，但只有乌鸦吃腐肉。老鹰为了显示自己远远强过乌鸦，一直坚持虚伪的高傲。时间长了，人就认为它不吃腐肉，是真的高贵。

车开到外滩，路灯亮了。傍晚好似为了自尊心不配老花镜的中年人，看什么都影影绰绰。朴太平发微信给我，问晚上在荣小馆一起吃饭如何。下午五点四十五分约人吃晚饭，也只有她干得出。荣小馆没有套餐，有套餐也远超她的预算。

她和韩英先到，小隔间的座位很窄，好在她俩又瘦又亲近，并肩聊天。从她们神色看来，说的都是好话，好得像可以吃的诗。我在对面坐下，说："规格这么高啊，肯定是鸿门宴。"朴太平左脸苹果肌微微抽动："跟你说正事，不要开玩笑。"

　　接着，她从包里拿出一张纸，写满字。开念："第一，从效率角度考虑，内容统一管理容易形成合力。第二，商业角度，现在都是整合营销，《优雅》的市场影响力更大，可以带动《名士》。第三，以前市场上都知道我们公司内部有矛盾，这次调整可以告诉大家，我们很团结。第四，你不要有心结，过去的事过去了，过去的人也不在了。现在是我当总裁，你要相信我。"

　　我心想，你不让韩英当 CEO 的事，恐怕她还不知道。我示意朴太平继续，她说她说完了，让韩英说，但我有任何想说的随时打断。韩英又从包里掏出张纸展开，密密麻麻一篇。我实在没忍住，咯咯笑起来。我的笑声常被人嘲笑，都说我笑起来像饿慌了的鹅叫。朴太平又说："你严肃。"

　　韩英开念，"《名士》杂志还有很大的潜力，遗憾没发挥出来。其实它合理的市场份额应该是……"，她继续念，声音离我很远，越来越远。我感到后背发紧，仿

202

佛一只蜘蛛从我衬衫领口钻进去，顺着脖子往后背爬。

她念完，菜已上齐。荣小馆的蒸红薯有名，厨师将之雕成枣核模样，拳头大小。蒸好淋糖水，灯一照闪金光，又像奥特曼的眼睛。我怕它冷了，夹起来吃。两位女士眉头一皱，想说点啥，才想起饭店是吃饭的地方。

我自顾吃，她们也只好吃。沙蒜豆面、家烧黄鱼、清水河虾、温州鱼饼、豆腐汤，点了一桌子。因为我撸铁，又让服务员帮我炒个青椒鸡蛋。我吃饱，抹嘴，说，现在该我了哈。她俩又放筷子，暗暗吐口气，终于不演吃戏了。

"第一，我今年三十一，你们多大？我都累了，你们不累？领导，你刚来，我劝你多看多听，大陆和台湾不一样。比如，番茄五块钱，茄子五块钱，番茄加茄子一共十块钱。只有晚上9点以后，它们才被绑起来，一共五块钱。这是你说的整合营销。第二，《名士》到今天为止，业绩达成率120%，我们踢足球有句老话，叫赢球不变阵。第三，据我所知，《优雅》达成率75%，败军之将不可言勇，你这属于中国人教巴西人踢足球，巴西人教中国人下围棋。"我喝口水，看见朴太平边听我说，边折叠她的手稿。对折再对折，直至变成厚重的长方形，接着把长方形卷成墩，像一个无用的葡萄酒瓶塞。

"第四，她领导我，显得团结。其实也可以我领导她，同样显得团结。再说，显不显得团结，只有你在意。"

沉默如同 12 月底的大雪，悠悠飘下来，盖了几米深。

朴太平转脸看向韩英，说："你先回，我跟他继续说。"韩英站起身走了，没吃饱。朴太平又对我说："你怎么这样对待同事，能不能有点基本的尊重？"我说："你这辈子有过仇人吗？"朴太平停顿三秒，说没有。我说："你又骗你自己——你骗自己，只要努力就心想事成；写了稿子，一起给我压力，我就服从；番茄跟茄子绑一起能卖十五；韩英领导我等于团结。再说，如果我们非说生产力，不团结有故事才是生产力。"她不接话。

我又说："如果我是你，我今天还应该带张纸，这张纸是离职协议书，上面有赔偿金。"她说："休想走，我说过很多次，你年轻，对公司有很大价值，你要比我更晚离开这家公司。"我笑说，价值就是制衡韩英。她说要是我不答应，今天她就不走了。

我边起身边说："你选择和她靠拢，不到半年必后悔。"

走出餐厅，发现风很大。风穿过树木、草地、彩灯、街道，撞在屋檐上，呜呜咽咽。那声音仿佛一头狮子被捕兽夹钳住前腿，口中喘息哼鸣。

那段时间我又睡不着觉，医生给我开思诺思，说这个药是现今最好的安眠药。但这药的药效五个半小时，夜里十二点吃，早上五点半醒，醒了心跳得像水滴落在烧红的铁板上。人睡不好会生其他病，我常常耳鸣，有时候听到电流声；有时候像身处海底，耳畔一片朦胧；有时候像有小锤子锤击耳膜；有时候一阵咕咕声，像钻进了鸽子窝。而且痔疮又犯了，天天喷血，一个月止不住。

到医院排队看肛肠科，无意听医生正作检查。医生说："你为啥往肛门上喷香水，你肛周瘙痒，就是香水引起皮肤过敏。"患者说："我觉得那儿很臭，很影响我形象。"医生说："肛周附近有粪便污渍，各种细菌，不管你怎么洗，喷香水，都会臭。实在要喷，你喷内裤上嘛。"患者说："喷裤子上效果不好。"医生沉默。

轮到我，我先关门，用力推拉确认风吹不开。医生换好一次性床布，说："痔疮啊，脱裤子趴上去。"我趴好问："医生，你的检查仪器都一次性的哈？"医生不理我。

检查完，医生说："你流血一个月，给你安排手术，割掉就好了。"我说："医生，我乱编的，其实才流三天，给我开点药就行。"

临出门前，我想到天杀的朴太平和韩英，搞得我睡不着，又犯了痔疮。回头又问："医生，我这个病有没有可能算工伤？"医生顿了两秒，问："你到底干啥工作的？"

9

两位女士贼心不死。开月度会，韩英讲完《优雅》的内容，又开始评价《名士》。她刚开始讲，我就拍桌子，狠狠拍，拍得桌子都感到委屈。我说，这个桌上，只有我和谭老师对《名士》负责。无关的人少说话。有的人像老鼠，嗅着味道爬出来，耀武扬威。打雷，下雨，风吹落树叶，吓得立刻躲回洞里。看看没动静，又把头往外探。

特克斯的其他同事从未见过这种场面，以前只有所有人捧韩英臭脚。我相信他们乐见其成。看热闹，就怕事小。四川有句老话叫狗见羊，是说温顺的护院狗见不得羊，见到便野性大发，冲上去对准羊脖子就咬。我曾在外公的小农场见过此番场景。鸿门宴之后，我就变成了那条护院的狗。

朴太平放弃她的如意算盘，并不是因为我坚韧，是因为某个客户跟她开了个玩笑。客户说："《优雅》杂志归属上海，《名士》杂志归属浙江。你老想让上海领导浙江，是不是觉得上海比浙江高一级？"涉及政策，涉及饭碗的时候，朴太平又变成了一个敏感又听劝的人。

杨木事件之后，安史又来说了很多好话。我老是心软，朋友嘛，就像海浪和沙滩，总是分别，很快再相逢。他压力依然很大，跟我说塔妮娅不好伺候。比如她会晚上十二点叫安史和张大刀一起去唱歌。大家急匆匆跑到KTV，唱到一点半，塔妮娅又说累了，回家。

那段时间他总给我说，已经从《睿智》杂志离职的主编老李是个大坏蛋。这人走得不愉快，把账算在安史身上。我问怎么个坏法。安史说："他给我挖坑。老是找些人来勾引我，加我微信跟我聊，我一个都没搭理。"我说他怕是有幻想症。他说："我现在身居高位啊，不得不防。"

微信公众号刚兴起的时候，就有人劝我自己开个号。直到后来有小红书、抖音、快手，错过了无数做网红的机会，因为肯定做不成。又有人说，再不做，世界就抛弃你了。真可怕的一句话。曾经的世界，三百六十行，行行出状元。现在三百六十行归为一行，卖货。如果卖不了货，世界一律抛弃，那只能跟世界说拜拜。

我有个认证微博，是个僵尸号。偶然打开，发现好几个人来勾搭我。我和老李无冤无仇，微信都没有，肯定不是他。安史啊，到底多大的权力，又有多大的压力，把人都搞疯了。

果然，张大刀被拿下的消息传出来。安史以集团出版人身份兼任《服装》杂志出版人。我问大刀，是不是塔妮娅和安史蓄谋已久。他说朝阳公园见面说。

人和人不能长时间不见，特别是中年人，否则就会明显发现别人的衰老，别人也会发现你的。唏嘘像一团棉花堵在嗓子眼，咽不下，吐不出。只好说胖了，瘦了。大刀实在瘦了。以前抽耍烟，别人有，抽一根，自己不买烟。现在变成北京供暖的烟囱，一口接一口往外喷，好像停下来，天空会因此少一朵云。

大刀说，离职之后，塔妮娅给他发微信说了对不起，他没回，也不准备再回。我说："你问她没，故意让你去当幌子，是不是因为不好一上来就让安史管所有？"他说："问了，塔妮娅没回答。"我说："那特么就是。"大刀问："你知道他俩在上海住一起吗？"我瞪眼睛，没说话。大刀又说："有天跟他俩吃饭，吃完塔妮娅顺口喊，回家。我没多想，后来又有客户告诉我，在嘉里公寓电梯里碰到他俩。"我想了一阵，对朝阳公园的湖水说，原来那间大卧室住的是塔妮娅。

有个经纪人跟安史关系好，我故意把安史和我的曲折分享给他。没过两天，安史质问我为什么要把这些事讲给外人听。我说，很多时候，我就是那个外人。从此，我跟他，尘归尘，土归土。没有恨，只是春风来，柳绿花开，冬雨去，木败叶落。很多年以后，我依然记得三十岁的蛋糕和我们的歌。就像长在礁石上的香螺，生命消逝了，任凭海水揉捏冲刷，壳永远在那里。

折腾架构不成，朴太平干脆去折腾装修办公室。这事不需要任何人同意，她说装就装。正常办公室，中间是格子间，临窗建办公室。她看不惯，改，格子间临窗，办公室放中间，以至于有独立办公室的员工，都要坐进鸟笼子。某次开月度会，我建议，新办公室都应该配锁，配台灯。业绩没完成的，以后只能开台灯。

朴太平也敏锐发现了女厕所难题，因为她上厕所也要排队。所以，她给自己建了一间单人厕所。

她热衷开会，喜欢集体活动。因为客户她搞不定，但她能支配搞定客户的人。我又逗她说："你上午开会三个小时，下午开会三个小时，你算，这两桌子人一天的工资加起来多少钱，如果你放他们出去赚钱，能赚多少钱？"朴太平后来烦了，老说："你啥都懂，你怎么不当CEO。"我只好笑。她想赚钱，又喜欢说些不要钱的话。比如有次某个客户硬广掉了，那个客户在我看来可有可无。"可无"不是说不要这笔钱，而是指我能找到其他客户填那个位置。她找我开会，还拉个人。我进去刚坐下，她的替身说，某某客户少不得，算调性上的指导性客户。我抓住他的手，说："你讲得太好了，这事我全权交给你办。"

世界上大部分人都应该拥有一条平凡之路，其中一部分人开始混，另一部分开始不断奋斗。那些奋斗的人，却让世界不断陷入风暴之中。

不得不说，就容忍我挑衅这件事而言，朴太平还是非常大度的。我们都明白，我只是个包工头，每年上交的业绩多，她出让的尊严空间就多。但谭老师就没那么好过，她是个宽厚又善良的人，也常常被朴太平折腾得睡不着觉，最终自己提了离职。本质上，特克斯是个好公司，极少有员工主动离职，高管更是罕见。离职的都拿了赔偿金。我跟朴太平说，她应该狠狠记得那些主动跳槽的人，那些人都是正直而有价值但被她辜负的人。朴太平说，这下我的任务重了。我说，谭老师的工资要全部加给我。她说不会亏待我。她跟人力狠狠拉锯之后，工资给我加了2%。

总的说来，身后不再有韩英骚扰，这一段日子，我和生活和睦相处。犹如黄浦江水在海里幽幽滑行。

10

　　情报机构开始传出消息,韩英已经一个月没搭理朴太平了。韩英本来以为朴太平有利用价值,是个机会,借她的火,在集团一统江山。后来事没办成,反被削藩,丢了CEO头衔,心里有怨气。另一方面,铁打的韩英,流水的总裁。加之美国上访那一战,升职加薪,反倒给她打出些战神般的自信。

　　韩英想错了。朴太平上来先砍高管,再砍成本又裁员,明显有王霸之气。我能交数字,韩英交不出来。矛盾变了。在朴太平看来,我平时逗她,那是房东和租客的玩笑话,租客只想当租客,房东还是房东。

　　《优雅》杂志盘子更大,于公于私朴太平应该管得多。会多,开会就是所有人陪权力最大那个人玩躲猫猫。大家躲,领导找。都躲在明处,领导一分钟能找到八个。被找到的人还要拍大腿,下次我一定藏得让你找不到。问题来了,开《优雅》的会,大王来了,小王咋办?小王觉得大王不是王,只是美国人的会计。会计负责算账,指指点点,就是多嘴了。

　　假如朴太平安心当会计,塑料姐妹花还能继续当。但这不现实,朴太平水平差,野心大。开会办事都遭人嫌。员工嫌,只敢背后议论。韩英常常就在大会上反驳她,说些阴阳怪气的话,在所有人面前暴露朴太平的愚蠢。大风吹来,把幕布撩开,还未化好妆的国王看起来伛偻、虚弱、瘦削。这时候,国王将判风有罪。

朴太平约我吃饭,这次特意订了窗边的位置,吃套餐。她坐在那里,嘴角向下,眉头紧锁,整张脸苍白、憔悴,看起来像被上吐下泻或者牙疼折磨一夜。

但她脚上穿着客户送她的 VR 运动鞋。这双鞋对她具有郑重的意义。重要场合,见重要的人,干重要的事穿上,结束立刻脱下。深怕多穿一分钟把鞋子踩疼了。客户本来送她三双,同集团的 TD、HG 和 VR 一样一双。她收到后,留下最贵的 VR,把另外两双还给人家。说是太多了,一双就好,亦传为美谈。

她说:“我想换人。”我笑得像饿坏的鹅在叫,拿手机看日期,说:“你不错,比我说的半年多扛了两个月。”我逗她,基本都是单对单。当众扯头发的事,我一般干不出来,对韩英除外。我又说:“你想想可以了,你搞不动。她会去美国上访。”朴太平说:“我已经跟盖伊汇报过,他支持我立刻拿下。”又说:“拿下她之后,《优雅》的新媒体归你,《名士》你还继续做。”

我一时无语。抬眼往窗外望去,看到紫红枫叶从墙头铺下来，层层叠叠，宛如成熟艳丽的葡萄。

缓过神，我说："不要无事献殷勤，你到底想让我干啥？"实际上我还是不敢相信她的话，就像戴眼镜习惯的人做完近视手术，还会不时用手去扶镜梁。

朴太平说："你帮我想想谁来接替她啊。她好歹是个人物，离开总会引起很多市场反应。"说这话的时刻，仅限这一刻，朴太平把我当成了战友哥们。好比一个在众人面前吹了牛但心里发虚的高中男生。过了嘴瘾，如何收场。我说："好办，张大刀合适。他本来就是《优雅》副主编出身，现有团队也服气。你要让我再管新媒体，我和他合作也毫无问题。"朴太平拿起茶杯碰我的碗，碗里装着五十八块的泰国米粉。她眉心舒展，说："大刀也是我最喜欢的人选。你也知道，我这个人，有些坏习惯，比如节约，跟人聊钱容易得罪人。但其实我没有恶意，我小时候去美国念书，都是先打工赚钱，赚够学费再去。"我问她念哪个学校。她说南加州大学。我心想，那学校全都是打棒球的美国富二代，会选。"那你老公是大学同学吗？"她摇头，说："总之，为了避免我这个缺点影响谈判，你去找大刀，工资也由你谈。"我点头。

朴太平果然第二天就找韩英谈了，拿着赔偿金通知单谈的。韩英又哭了，据说哭了三个小时，哭得尽人皆知。她没有当场签字，也没有再次上访。因为这次她深知无用，盖伊上马之后，已经砍掉全球大部分寡头般的老主编。刀落在自己头上之前，那些战神般的自信，其实是给自己加油打气。哭过之后又冷静了，开始在社交媒体大力发送《优雅》的内容，意在表示，只要没签字，我还是王。

朴太平说我想错了，韩英的动作并非试图绝地反击，只是想多要钱——我头一回发现朴太平不傻，还有点聪明，甚至有点老辣。

不敢相信大结局来得如此迅捷，又如此简单。我下楼，往前走。上海的冬天又湿又冷，走在街上，好似走在海底，天上的云是海面上的浮冰。苏州河两岸树叶金黄，草坪依然绿油油的。站在桥上看，河水蜿蜒绵长，又像一条巡游闹市的大蟒蛇。

我快乐吗？快乐——一个得意、闹腾、醉生梦死的词语。好像面对青绿色深渊，你沉沦于它的美，心神荡漾，同时又感到恐惧。有时候想，人追求快乐，追求幸福，恐怕都是自我欺骗的谎言。只有追求是美好的，仅仅是追求。

如果那年到特克斯，我低头，愿意虚线汇报给她，她有了面子，结果会不会好一些？至少过程会好很多——我们会同样拥有更好的睡眠，不会得胃病，更重要的是，我们都不会损失钱，说不定赚到了更多的钱。打工的意义本是赚钱而已。再来一次，我会低头吗？会的。

也不知她是不是后悔，每次撕碎朴太平，都忘记了，她是一对双胞胎女儿的妈妈。当然，因为我穷，所以总是想钱的事。如果不缺钱，孩子有饭吃，我理解她，自尊无价。

人总会祝愿人做美梦，因为噩梦常有，美梦难得。梦境没有色彩，灰蒙蒙一片，所以梦有时候又像在过以前，过已经过去的日子。在梦里，人常常站在悬崖边，吊在屋檐上，或者车毁人亡，都好像是一种提示。平静值得珍惜，那本是劫后余生的礼物。贪心人说梦是假的，平静等于零。

我感到空虚。遗憾和愤怒都是人心里的一场战役，有敌人，所以剧烈又喧哗不止。空虚是沉默的，像歌剧散场熄灯后，舞台上那空荡荡的黑。

祝韩英今夜美梦。

尾声

韩英坚持在社交媒体上当主编，直至收获巨额赔偿金。从那以后，她拉黑了我的微信。我为她开心，她终于诚实了一次。偶尔还在活动上碰见，面对面经过，我们眼里，对方不过都是透明的泡沫。又过了一年，再碰面，她开始对我笑了。我知道很不自然，但我触电般看左上方，看右上方。你捅过我，我也不曾放过你。过去的扯平了，只是尴尬。

我跟张大刀约在朝阳公园湖边上，说："你来《优雅》当主编，基本工资两百三十万，来不来？"他说："我不想做女刊了啊，也不想去上海。再说，朴太平这么抠，咋可能给这个数？"我说："这事你不用担心，数字我提前跟她对过。《服装》这个女刊让你有阴影，朴太平自私，但不如塔妮娅野蛮，《优雅》这种刊也不能天天换主编。上海的事好说，我不也住北京，飞上海上班。让公司给你出。"大刀还是犹豫，但说可以聊一聊。

我回去跟朴太平说，大刀有点犹豫，但如果她好好劝一劝，让大刀感到热情和被需要，应该有戏。受伤的心就像压缩毛巾，紧紧缩成一团，只是怕再伤。但凡浇一点点水，立马支棱起来。朴太平说："太好了。那给我们拉个群，我单独和他吃饭。"

吃饭那天，我帮他们订好包间。再次跟朴太平啰唆，比如不要砍人价，说好两百三就是两百三。她说，放心。

吃完饭，大刀发微信给我，说朴太平的开场白是：

"大刀，今时不同往日，大环境差呀。能不能两百一？"

错过了大刀，朴太平又让我找了两个人给她面试，通通没看上。干脆内部提拔。候选人两个，A和B，都是《优雅》的老人。这次不问我的意见了。她找集团销售老大和CFO一起决策。三个人三票，投两个人，公平有效。

投完，开票。销售和CFO投A，朴太平投B。朴太平说："好了，我决定B就是《优雅》杂志的新主编。"

"渣男"

1

我站在泰山宾馆大门口的时候，大概凌晨一点。李阳穿着大红连衣裙从车上下来，高跟鞋在地上滴滴答答，双手前后摆动。这天我年满三十岁。

讲故事以前，我想起前几天和朋友的对话。我最近又拿起村上春树的老小说看，朋友问他到底有什么好看。我说他的男主人公几乎都是中年平庸之辈，莫名其妙被各色女性喜欢追逐，怎能让人不喜欢？实际上村上本人社恐，很早关掉酒吧退隐山居，做了早睡早起、每天跑步的老头子——莫名其妙被女人追逐这种事，主要靠想。

2016 年的一天早上，直到我从酒店淋浴间出来，才发现那六个未接来电。电话是我当时的老婆打来的，我接起来第七个。她问："你现在在哪，为什么不接电话？"我说我在发小家。按照逻辑来说，我现在在我发小家。她说我不在。我问她凭什么说我不在。她说她用苹果账户定位了我的手机，我在刘家码头的西藏酒店。定位我手机，听到这几个字，我甚至想狂奔，就像在足球场上打入凌空抽射般爽快。本来我理亏，现在不一定。我说，我在家，然后挂断电话。

这是清明节假期的第一天，是我和她结婚第三年，也是我想离婚的第三年。

我们是两个月的高中同学，我在她学校念了两个月的书就离开了。因为我想念我前一个学校，前一个学校是私立学校。后来传言董事长打牌把学校输掉了，我被迫转学去她那个学校。这所普通的厂区公立学校，都是那一片区职工小孩在念，他们天天打架。我并不反对打架，我反对因为"瞅你咋地"打架，很愚蠢。我认为和愚蠢为伍伤害了我的自尊心，所以绝食，要求我爸妈把我转回私立学校。

我回去以后，只记得我的女同桌长得很高，总是自称校花。相对厂区子弟，她家庭条件不错，我记得她爸还花钱帮她买过选美比赛的最上镜奖之类的。且不说一二三名要不要花钱，反正最某某奖数量不少。她身边有一群跟着她吃中午饭的朋友。至于我，我记得她身材不错，这是荷尔蒙帮我记得的事情。

2

和她再次相遇已是四年以后。2008年发生了很多事。5月地震，我从寝室跑出来，第二天又跑回去。第三天到北川，七天后写稿发稿。我回家接受了十五天宴请，请我吃饭的都是爸妈的朋友，他们说我是英雄。一个月以前他们才跟自己的孩子说，看看那个某某，不学好以后就去摆地摊。我的"社恐"应该就是那年得上的，我讨厌这些几十岁的人不统一，他们还看不起摆地摊。

太无聊，太孤独，二十岁男子没有女朋友。我在我QQ列表里面翻，一个学生，列表里也只有从小到大的女同学。我点开她的头像，花言巧语，不断隐喻，让她觉得我是那么特殊且有意思，而那时候我甚至还不能熟练使用比喻句。那时候的恋爱都是真爱，只是我们还不知道，生活就是一个真爱到另一个真爱的过程。

我在重庆读书，每个月八百块生活费。她在成都读书，每个月一千二。我那时候已经开始撸铁，每天三顿吃馒头，饿了就偷吃寝室同学的蛋白粉。因为我要坐绿皮车去成都找她。每次去的时候我带本书，看也看不进去。回来的时候都在睡觉。再活跃的火山，也有必须休眠的时候。

只靠饿肚子还不够，帮搜狐写稿赚钱，一年两次，每次都是最高档的稿费，好几千块。我至今也没搞明白是我写得好，还是因为我表叔是主编。我还帮影楼当过婚纱模特，去有兔女郎的酒吧唱过歌。

这样浪漫的日子一直持续到大学快毕业。她依旧参加各种选美比赛或者主持人大赛，我感到不安全，总是诋毁人家，说她是个虚荣的女人，就她这姿色和天赋，根本不是当艺人的材料。每次送她去机场，转身之后我会哭。她在外地比赛，我在原地闹分手。等她落地的时候，我又去接她，心想你亏欠我那么多，我可不能放过你（你可要好好待我）。

对自己的付出，我非常感动。有时候因为她没那么感动，我感到非常气愤。要毕业的季节，也是大家分手的季节。我喜欢跟大家作对，所以不能分手。她爸爸说"如果找不到工作就回去干家里的生意"。我爸爸说"你不努力就去摆地摊"。

她小我一级，所以我先要找工作。突然有一天，我发现她又偷偷参加了一个本地选秀，我闹，她说我自己都找不到工作凭什么管她！我一脚踢到墙上，脚掌骨折。我说你滚，分手。她带我去医院打了石膏。

后来终于是没有办法，我们商定，我去北京工作，她半年以后来找我，而且不再选秀了。我刚上班时住在望京，住在我叔家。生活有人照顾。第一个月发工资，四千八百块，我给她买了个 iPhone 3GS，用我的邮箱注册了苹果账号。

3

以前的异地恋，有盼头。一周，两周，最远也就是一个月。半年没有过，思念像我的心脏上长个血泡，心跳一下，它就跟着痛一下。

到第五个月的时候，我快转正了。公司组织新员工培训，里面有个内容，就像现在流行的什么人格测试，把人分成孔雀、大象、猴子、蝗虫之类的。我拒绝参加，我就是我，你们是蝗虫。户外项目也很蠢，比如大家配合，你举着我，我举着你，翻墙。教练威胁我，如果不参加，我们队负分。参加吧，毕竟这是一队今天认识明天不认识的人，我此刻觉得这个队比亲妈都亲。

里面有个短发女生好像看出来，我才是蝗虫，她没有嫌弃我，反倒一直安慰我的烦躁。当我们队最后一个人爬上三米高墙的时候，大家鼓起掌来，很多人哭了，有个长胸毛的大哥也在哭。酒不醉人人自醉。

后来女朋友来到北京，也当了编辑，时尚编辑。我还是那个写新闻里文字相对好，但遇到职业作家就说自己是新闻从业者的滑头。日子奇妙的地方是有人每天都在变，有人一成不变。因为职业的关系，我的优点被夸大，心绪也变得浮夸。她没变，她依然被人称赞美丽，并陶醉于此。但天平变了，以前是我觉得她有问题，现在换过来，她觉得我有问题。

实际上，我并没有问题。但被说太多，总受冤枉，人就会想，既然如此，倒不如把问题坐实。另一方面，我们越来越没话说，说话就吵架。我们当时的家是个小loft，我尽量不和她一起回家，回家也是她在楼上，我在楼下。我战战兢兢，甚至不敢上楼洗澡。我怕万一在过道碰上她，四目相交蛮尴尬。每天都等她睡着，我摸黑上楼，悄悄躺下。说不定很多时候她为了让我早睡，装睡来着。

买车选什么车要吵，周末怎么过要吵，点外卖都吵。

我觉得她所有的审美都非常差，她认为我傲慢至极。我们更不再有任何身体接触。我当时想，男人成长最大的障碍，就是无法分辨想睡和爱。他们年轻时总是把这两件事混为一谈，后来才会出现那么多始乱终弃的单线故事。

4

我总是离家出走，但她不同意离婚。来来回回折腾了三年。直到那年清明节，我们一起回重庆休假。我回去第一天总是去我发小家打游戏，打半夜，再聊半夜，一觉睡到中午。她回她父母家。那天我发小晚上十一点就出门了，因为他要去四百公里外当伴郎。他让我别回家，就在他那住。我让他别搞笑，他女朋友还在。

我不想回家是因为没带钥匙，不想吵爸妈起来开门，才去酒店开了房。

直到第二天我挂掉第七个电话。她不断打，我不停挂。我打车到一个咖啡馆坐定，接起来，她说："你老实跟我说，你昨晚到底在哪，干什么？"我说："我告诉你，你在非法侵犯我的人权！你要么永远闭嘴，要么现在买票回北京拿结婚证飞回来离婚。"她被我吓到了，两个小时后声泪俱下，跟我道歉。两天后，我们手牵手（很长时间以来有过的最亲密的接触）坐上回北京的飞机。

大部分人的日子就这么过下去，也无风雨也无晴，最多就是多打打游戏，多忙点工作。到后来你还理解那些劝你不要离婚的亲戚，他们说的都是实话，他们还没离，还在吃苦，你凭什么不吃。我以为日子也就这么过下去了，可她上班第一天下午又给我打电话。

"你那天晚上到底在哪里，到底在干什么？"我怒了，我说我们现在就回去拿证件去离婚。她说她有证据。她派两人去酒店查了监控，说监控里看到我和一个女的抱着去开房，看起来醉醺醺，甚至还当着监控亲了几口。我说酒店怎么会随便给人看监控。她说她让那两人冒充我朋友，说我那天在那丢了一块表……

挂掉电话，给我气笑了。这时酒店打电话来，说："先生，刚才有两位你的朋友帮你看监控你知道吧？"语气显然觉得自己行为欠妥。我说对，表找到了。

实事求是地讲，我真希望那天晚上去开房的时候，我是拿着包裹的。不仅装着糖盒子，盒子里还有挑选不尽的惊喜。可我是一个人去的。我冷静下来，决定不让这个机会第二次溜走。我拨通电话，说下周一去离婚。监控她爱看就自己去看，但下周一离婚。说完我不再接听她的电话，也没有再回过那个家。

办离婚证前一天，她约我见面。说两位朋友看错了，酒店也看错了。后来想了想，也才想起来我酒精过敏，从不喝酒。她问，如果当年我不给她买那个手机，不共用一个苹果账号，是不是就不会走到今天？能不能不离？我知道她问的，只是这句号的最后半弧。

5

回北京第一天，我找我妈借钱去买车。因为我觉得只有一辆车的话，MINI 还是太小。到 4S 店已是中午，我去二楼蹭饭。餐厅除了我还有一个女的，眼睛大，鹅蛋脸，瘦削肤白。我看她一眼，她看我一眼。这种事走在大街上也并不稀奇。

4S 店的人午休时间太长，我吃完饭坐在收银处门口沙发上等。突然有手拍在我右肩膀上，是楼上餐厅的女孩。她问有没有烟。我的烟明明就摆在沙发把手上。我递给她一根，她问我有没有火。我把火递给她。她又问我能否陪她一起出去抽一根。这天我知道，她叫李阳。

现在想起来，这一切并没有太多文学化的情节起伏。在当时来说，我觉得她像中午的阳光，而我是淋雨之后穿着捂臭湿毛衣的人。婚姻破碎令人失落。倒不是爱不爱的问题，这终归是一件事，我把它搞砸了。可能一开始我也不悲伤。领证第二天我去成都方所做了一场演讲。我自认意气风发，同行的朋友问我为什么悲伤。他是出版界的一个老前辈，知识分子说我悲伤，被他说悲伤了。

李阳这个人，我常常怀疑上辈子是不是欠我钱，或者上辈子是她把我杀了。她看我时，就像在看湖面，湖面上有倒映的流星雨。我说话她就笑，其实很多时候压根不好笑。

可是毛衣晒干以后，继续晒，穿起来就热。我是说我真是个贱皮子。两个月以后，我跟她说，小朋友，我们不合适，我们做朋友。大部分时候，说做朋友，就是不做朋友。

我实在悲伤，这种悲伤和离婚本身无关。以前我通过抵抗她，来抵抗孤独。现在孤独成为一首上脑的舞曲，而我找不到合适的舞步。世界并没有坍塌，也没有乱套，只是陌生。陌生让我成为无根的浮萍。

我决定换个工作，换个城市生活，趁当年做公众号徒有一点微弱的虚名。2017 年 4 月，我把我所有的行李装进车里，一路向南，搬家上海。新公司给了我更大的业务，我寄望虚荣心为我建立新的秩序。虚荣心有时候会让人不得不成为另一个人。

6

两个月以后，我把行李重新装进车里，一路向北，开着车回到北京。我下台了。我成为一个不满三十岁的顾问。拿工资，不干活。这个故事要十年后再讲。

我开始发烧，今天输液今天不烧，明天不输液明天烧。我去地坛医院测，一周去三次。后来医生看见我就烦，说："你不要再来了。你输抗生素能好，说明你就是细菌感染。你看你的免疫力指数，你是不是有啥心理创伤？去看心理医生。"我连续输液十天之后好了。

这次有点乱，回北京连房子也租不起，财务状况也乱了。不想借钱，只好住在一家汉庭酒店。酒店只有一层楼，一层楼可能有二百个房间。我的房间在楼道尽头，头天入住的时候，我在医院输液回来，凌晨两点。我从楼梯口往尽头走去。感应灯仿佛幻灯片机器般照耀我，五米一个灯，我是亮的，前后漆黑。我一路走一路想，两个月前的骄子如何沦落于此，我是鸡，不是凤凰。酒店隔音不好，有人吵架，有人打电话哭泣。这些声响让我安宁，这一百多米路，就是和我一样孤苦的人间。

必须振作起来。像普通人一样。月末过生日，我将年满三十周岁。整数本身没有意义，跟前前后后完全相同的一分一秒罢了。

那天非常忙碌，公司给年轻的顾问买了蛋糕和花。我数了数，一共三束花。前一年大概有三十束。下午朋友给我送了本与写公众号有关的书，因为我是采访对象之一，所以腰封上还印了我的名字。接着一男一女两个朋友来给我过生日，吹了蜡烛。表妹给我买了加价的白椰子鞋。晚饭前，有个媒体总裁朋友找我聊聊天。我把下午给我过生日的男性朋友推荐给她，他们开启了另一段故事。我约了个女生吃饭，没吃好，把人气哭，跑了。

真的穷，穷讲究。这天不能住汉庭，而北京最便宜的五星级酒店叫泰山酒店。它在回龙观，京藏高速边上。我那天喝了点酒，又过不去了。感到自己穿着一件被雨淋湿的毛衣。拿起手机，告诉李阳，我在泰山酒店。

梦想家

　　失眠的人怕光。深夜里把窗帘拉起来，哪怕有鬼跟你跳贴面舞，睁眼也看不见。但睡觉总要闭眼，眼皮是大脑的窗帘，是新世界的帷幕，闭眼等于拉开帘子，穿越时空。那里永远处于傍晚时分，光线灰扑扑的。那是个色盲的世界，只有黑白两色。你看到伤过你的人又在搞阴谋诡计，看到宏观经济不好，看到自己失业，看到失恋的自己拿着酒瓶子，走在马路上，路上无风雨，只有自己和影子。失眠的世界里只有这些，我从未在那个世界看到自己被拥抱，或者发大财。

　　手机上显示"4:15"。我躺在沙发上有气无力地喊，川端康成说，清晨四点，他看见海棠花未眠。现在也是清晨四点了，我只看到油腻男的酒瓶子未眠。我这回真的睡了。发小说"好好好，你睡"。这是我第四次说我睡了，他说"好好好，你睡"。我把头转向沙发靠背，背对他，摆出坚决赴睡的姿势，用时三秒钟。

回重庆住他家的意图是避免失眠。因为我刚分手，治疗情伤。那不是一段了不起的爱情，更像某种误会。真正的情伤像喉咙里的鱼刺，插入手指尖又不见血的小玻璃碎，或者耳道里的溃疡，让人一刻不得安生。我只是怕孤独，孤独铁定让我失眠。他是个好人，他总在我最不好的时候收留我。结果，他伤得深，每天自己酗酒助眠。我在，就让我看他酗酒，一起熬夜。

我们聊了三天他的伤，每天都聊到天变成灰色。简单说，就是我认为他是赌徒，是人渣，他要跟我辩论，证明他不是。有天他非常疑惑，打电话问我，说："我爸居然戒烟了。抽了四十几年,我搞不懂他哪来的意志力。"我顺着他的天真烂漫，说我也不懂啊，佩服！

说起佩服，我发小起码在十几年以内都是我的榜样。他是转校生，在我们班第一节音乐课，老师说新同学都上来唱首歌。他唱完，大概有四五个人认他当师傅，我稍一犹豫，变成了二师兄。

他是体育生，后来去了重庆郊区读大学。体育系人少，所以寝室混住，师兄住下铺，我发小住上铺。入住第一天清晨，他被激烈的叫床声吵醒。他心说，怎么第一天就做春梦。他转头要睡，发现声音不是从脑壳里面往耳朵传，有人正经在叫，延绵不绝。他佯装翻身，想开个眼界。没想寝室空无一人，叫声从厕所方向飘过来。叫声并不因为公共空间有所含蓄。就像傍晚的潮水拍打礁石，一浪接着一浪，并无规律而没有尽头。这种夸张声响一方面为男人助威，另一方面还是像为男人助威。他又心说，格老子体育系名不虚传啊，肌肉大，胆子和本事怕是更大。

他打定主意，双手捂裆，假装尿急往厕所冲。即便撞见师兄的好事，退回来不迟。这个眼界今天必须开。

当他冲进厕所，师兄在洗衣服，洗手台上的手机正播放小电影。师兄一边洗，一边听。看发小来尿尿，跟他点头示意。发小很镇定地笑说："咦，师兄好雅兴，我一般早上起来都听陶喆。"

每年秋天开学季都有新生入学。体育系的寝室在学校大门右侧，这条路通向操场，而操场是体育生的统治区。寝室阳台上站满自以为是的猎人，他们认为他们在检阅猎物。楼上的猎人都二十岁出头，有练短跑的，练跨栏的，练篮球的，练游泳的，总体来说，大多都有六块腹肌，同时还有胸肌和三角肌。这些都是我发小的叙述。只是后来有了小红书，我发现体育生太天真，全校几千男生，有腹肌的加起来不到一百人。女生也有几千人，她们更知道腹肌在哪里。老话说得好，最好的猎人，都以猎物的形式出现。

发小在学校门口看到个漂亮女生，一个箭步上前，跟人搭讪。女生看了看他，很礼貌、很平静地和他聊了几句。男女不太一样，女的看男的，一眼没看上，就像你送她没看上的首饰，白给都嫌累赘。这个女同学聊了几句，转身离开，并未留下联系方式，她实际上想说，师兄，我们各自安好。发小理解为人家没有拒绝。

他找人打听到女生的名字和寝室电话，立刻打过去，要约人吃饭。女生接起来，再次表达婉拒。按理说这样已经伤及自尊心，正常人就放弃了。发小立刻冲到人家寝室楼下，开始喊她的名字。他喊："我喜欢你，如果你不下来，我就不走。"这时狂风大作，电闪雷鸣，云朵发脾气，斗牛般撞向另一朵云。地上的树叶被卷起来，转着圈飞上半空，转着圈落下来，像是他的真心卷起了小风暴。他正准备席地而坐，暴雨浇灭小风暴，也浇透了他。他心想老天爷都在帮忙。

女生看他站在雨里还好，毕竟是师兄自罚淋雨。只是看这师兄的习性，要是经常跟人赌咒发誓，容易被这惊雷劈死。劈死也无妨，但他今天号称等他被劈死，女生也睡不好觉。这样下去，这个热情的师兄又要误会自己感动了女生。女生踌躇之时，心生一计，她跟她下铺的同学吴迪说："你看楼下那个师兄有点可怜，你拿把伞去劝劝他。劝得动就劝，劝不动就给他一把伞，他爱站就站。"

吴迪是个同样美丽的女同学，不仅美丽，还笑点低。喜欢聊天，喜欢听人讲笑话，好笑不好笑她都笑个不停。不是什么大不了的事，她拿起两把透明伞跑下楼去。

发小隐约看有人拿伞下来，心里暗自挥拳，但面如平湖。走近一看，人没对。再看，发现眼前这位笑盈盈的女同学别有好几分姿色。他心里的小手又举起来，暗自挥拳。

吴迪说："她让你回去，谢谢你的喜欢。雨大雷大，你站着不安全。"说话间拿另一把透明伞撑在发小头顶上。发小说："这两把伞都是你的吗？"吴迪点头。他接着说："我也喜欢透明雨伞，你看，落在伞皮上许许多多雨珠子，像不像大白天落在我们头顶的星星。"吴迪一愣，笑起来。听笑话张开嘴巴，前仰后合。这个笑在嘴角，轻轻扬上去，下巴微微低下来。发小对这种笑很熟悉，如蚊子嗅到汗津津的光膀子那样激动，但面如平湖。他说："反正淋透了，还有点饿，要不我们去食堂吃个饭。"

两个人在雨天肩并肩走路，本身就是件美妙的事情。发小回头看了一眼，那个坚持不理他的女生站在阳台上，她盯着透明伞下的两个人，满脸疑惑。发小透过透明伞皮，还她一脸假笑。

大学生的恋爱都如同那场雷暴雨，跌宕起伏，一股子、一股子来，一股子完了也就完了。满天星干了，舞蹈系的浪漫也干了。

发小有了新目标，准确讲，这次的目标是体育系的目标。这个短发女生装束时髦，喜欢画夸张的烟熏妆，黑色眼线宽阔饱满，眨眼间仿佛鼻梁两侧有两张大嘴在说话。大家看上她倒不因为这两张嘴，因为她肤白胸大，还总穿显胸的衣服。长大以后我很疑惑，性感的意向如此丰富多彩，为什么年轻人总是盯着胸呢？一方面胸的确是最显见的性特征，一方面也是审美权力的问题。师兄师弟都喜欢大胸，大家共识，大胸是一起竞争的目标，我说我只喜欢大屁股，好像有点怕竞争的意思，怂。

这个短发女生后来去参加了一档全国爆火的相亲节目，导演并无捧她的意思，也就没有给她安排宝马车和自行车的台词。全国范围内她毫无知名度，体育系的师兄弟每周五围坐电视机前看她。没有人说话，这种安静大家都熟，平时半蹲在起跑线的时候也是这样不说话，听枪响。

发小的大学离重庆主城一百公里，出了这个校园，地广人稀。学校门口的商业就是学生商业，饭馆以外只有招待所和三家酒吧。这些招待所周末生意紧俏，四十元一晚，平时生意差二十五元一晚。去得勤跟老板熟，二十元也行。当然床单被套是什么味道，取决于季节，以及前面几对雷阵雨的卫生习惯。发小是个外向开朗的人，没人时就跟老板聊天吹牛，所以他永远都是二十元入住的金牌会员。

相亲女嘉宾终于回来了，并非被人牵走，而是因毫无存在感而被替换。可能也因此心生烦恼，她回到学校以后天天泡酒吧。除了操场，学校门口那三家酒吧也是体育系的统治区。酒吧老板都是体育系的眼线，她出现在哪，在哪张桌上坐，桌上就有好几杯体育系送的酒。不过任何人端酒杯过来碰杯，她都拒绝。但老板送来的酒，倒是喝一点。说她冷漠，看不上这些胸大无脑的师兄弟，可她又每天都来。

师兄弟们恨不得天天通宵复盘，比如有人今天凑上去，这个女的说了三句话，比大家都至少多一句。比如今天女的叨烟，有人伸手点火，她接了火。比如她今天喝了谁的酒，没喝另外几个的。发小爸妈从来坚持穷养儿原则，他每个月只有三百块生活费。他原来也站在起跑线上，看眼裤兜，默默退赛。现在看大家的人海战术毫无进展，反倒让他涌起一股子热血，他说你们等着，老子今天晚上就把她拿下。

他走到酒吧的时候，接近夜里十二点了。烟熏妆意兴阑珊准备回寝室。发小上去说："我不请你喝酒，也不想灌醉你，但你可以听我唱首歌不？"本身酒过三巡，烟熏妆说："你唱嘛，我听。不好听我就回去，好听我们就喝一杯。"那年，他转学到我们班，老师让他唱歌，他征服全场，那首歌品冠原唱，叫《疼你的责任》。

许多年以后，他还唱《疼你的责任》。被相亲节目淘汰的烟熏妆没有笑，没有冷漠，她被唱哭了。那天晚上发小一连唱了好多首歌，烟熏妆请他喝了好多杯酒，她抱着发小，好像有说不完的心里话。她认为这种感觉叫一见如故。

他们在招待所做爱，直到天色发灰。这天的床单是洋葱味，或者是三天前某个有狐臭的师兄遗留下来，淡了，闻起来像洋葱味。烟熏妆对发小产生了巨大的依赖，整晚都挂在他身上，像玩具商店售卖的猴子笔筒，手和手被按扣牢牢锁住。这种紧贴的亲密让她想起明天，想起一个月后的假期，甚至十年以后某个夜晚的窗外，那个月亮照进来，如此刻般亮堂。那个被双手锁住的脑壳在想，招待所老板的信息已经传回寝室，我看你们睡不睡得着。他想到这里，泛起笑意，这个笑看起来和月光相得益彰。

发小跟我讲起这件事的时候，我们已经三十岁。我记不清这是我多少次听他讲故事，实在讲，要他讲故事，讲这一类故事，都是我主动要求。他说我曾经听故事听到打鼾半分钟后接着问他细节，逻辑不曾断线。之所以瘾大，是因为我想在他的故事里面找到我风流的影子，大部分时候是找些风流的幻想。

所有风流韵事，都在某一天戛然而止。这种终结，或许因为我们需要另外的方式证明自己，或许传说男性都有射精总量的生理保护，或者遇到真爱，遇到一个让你怜惜，甘愿服务的人。总之，就像被子弹正中眉心的羚羊，在狂奔中猝然瘫倒，草草滚两圈，如石头般坠在荒野。

终结者名叫小雨，就是他现在的老婆。大部分拥有美貌的人骄纵，因为美貌是老天发放给少数人的礼品卡，一路上都有陌生人为你提供优待和礼遇。因此，拥有美貌的人，常常也拥有智慧的诅咒。不劳而获伤脑子。我说的不是小雨，小雨美丽但是温柔。

那天午后小雨独自在家给狗洗澡，发小是小学体育老师，要送完学生回家才下班。突然她听到有人用钥匙开门，第一次没拧开，貌似插错钥匙，换一把钥匙把门打开了。小雨喊一声发小的名字，又喊一声，无人回应。她头皮发紧，伸手锁上厕所门。

听脚步声，那人从客厅走到阳台，摇了摇晾衣杆。把阳台门关上，走到厨房，伸手拨弄洗碗池里堆叠的脏碗。拉开冰箱门，大力关上。这个人好像故意制造响动，小雨捂住狗嘴，狗眼睛像遗落在喷泉水池里的玻璃跳棋，疑惑地看着小雨颤抖的嘴唇。她想，入室飞贼难道不应来去无踪？这人胆子好大，难道说这人并不怕人，甚至遇到女的还准备劫色害命。越想越抖，小雨的手臂带动腹肌震颤起来。

厕所在两间卧室中间，脚步声走进主卧，退出来，走进次卧，又大力开关衣柜门，而后，影子定格在厕所玻璃门外。是个男人，身材不高，右手握住一块砖头大小的东西。小雨无意间发现厕所灯没关，小雨能看见他，他也能看见小雨。他早就发现厕所有人。

那人拧厕所门把手，力道不像想开门，而像是要拆掉那把锁，或者故意想制造声响，恐吓里面的人。小雨崩溃了，说声有人，那双手才停止折磨门锁。

人影消失了，但他并未离开，听起来像找了个地方坐下。小雨和飞贼谁也不说话，她感到厕所里空气结成一块透明果冻，黏稠得让人无力呼吸。腊肠狗实在是忍不住了，挣脱小雨的手，笑着狂吼，左冲右突，它好想出去，跟那个和它同样喜欢制造响动的人嬉戏一番。

这时候小雨才想起手机在马桶盖上，她发信息给发小。发小在脑子里想象各种可能性，还是决定先打个电话。

厕所门外电话响了，那人接起来："喂，是老子撒！你给我说清楚，屋头是哪个？你格老子问的啥子问题？这是我买的房子，我是想来就来噢。"

发小事后又问他爸："房子是你买的，你不打招呼开门，来就来嘛，那你在家头搞得叮叮咚咚干啥？"他爸说："屋头有人，我还不是壮个胆，万一是贼娃子。你不晓得我当时拧厕所门的时候，先去厨房拿了菜刀。"

发小说，他爸除了切菜，经常想用菜刀砍人。还有一次是他读高中时，高中小伙子火力壮，儿子和父亲在某种意义上又是天然的竞争对手。他俩为一件琐事发生口角，两人越喊越大声，两颗脑壳越凑越近。额头顶额头，眼睛瞪眼睛，鼻子撑鼻子，在相撞那刻，瘦老头挥右手打发小左脸，发小后仰，一耳光扇飞了空气。打人和握手用同一只手，打人和握手摸到空气，都伤自尊。

发小看老头转身跨步跑向厕所，抓起菜刀要砍人。他翻身跑回卧室，一把反锁卧室。睡午觉的妈妈听响动不对，出来才见老头行凶，从身后抱住他，喊："你不要发疯。"菜刀先是砍门把手，发小用课桌顶住门，回头看窗外，三楼跳下去能活命，但是脚断了好几个月打不了篮球啊。金属碰撞的声音，发小听起来像夏日的炸雷，老头子听起来像越南边境的炮击。巨响带着菜刀的气焰从人耳扎进来，斩向心脏。每响一声，都在两个人的心上划一刀。日后结痂凸起，变成油炸麻花般的暗红疤痕，永不散去。

门把手不经砸，飞快破碎。散在地上，像狼吞虎咽的小朋友刚在此处吃可颂，面包屑撒一地。妈妈个头小，还挂在老头上，不知道的还以为老头在修门，背个工具包。锁坏了，按理说应该踹门进去行凶。老头背着妈，继续举菜刀砍门框。门框是实木做的，很经得起折腾，他一边砍一边喊："狗日的不孝子，我把你生出来，今天老子亲自送你走！"

老头砍了十分钟，累了。把菜刀放回厨房，自己默默走出家门，买醉。他过了很久才回来，那时候发小和妈妈都睡了。有时，睡眠和酒精都具有死亡的意义，今日生今日死，醉生和梦死，闭眼再睁眼，一笔勾销。

老头之所以有暴力倾向，大概因为战争创伤。他高中刚毕业，随即被征召入伍参加自卫还击战。他从云南边境坐火车进入越南，那个火车原本用来拉货，没座位，没窗户，没厕所，没有光。上百人挤一个车厢，晚上想尿，就对着没人的角落尿。刚尿出来，有人骂，"你窝到老子脸上了"。但不能随意大便，想大便的时候，有专人开门，你脱裤子蹲在门口，屁股悬空，双手抱在胸前，左右两边各蹲一个战友，伸手扣住你环抱的双手，保证安全。

他抵达越南已经凌晨两点，下车时久久睁不开眼。闷罐车太黑，炮火点燃的天空太亮。尸体遍地，分不清是敌是友。尸体的日期也不太一样，空中满是夏天冰箱停电两天后，再拉开，腐败猪肉的味道。他在云南边境训练整整两个月，打了两个月稻草人，这次要打真人了。打死就是这个味。他上车之前把军备以外的个人物品上交管理，有幸回来领，死了便是遗物，有专人帮你送交家属。

一年后，老头很开心自己毫发无损，领好自己的物品回重庆。只是他没有想到，三年之后他还要再去越南

242

预存遗物，打真人。他也没想到，又毫发无损地回重庆。两次之后，他明白他喜欢活，活着最好。

发小爱旅游，他曾埋怨过很多次，问 2008 年我去北川报道地震，为什么不喊他。我说我去写稿。他说就是因为我没喊，否则他当时同去，也就写稿当记者，说不定比我写得好。我心想放你的狗屁，嘴上说，那我下次再去喊你，你去不去？

我 2009 年再去北川擂鼓镇，喊他，他连夜从重庆坐长途汽车赶来了。我背电脑，买了三十盒康师傅苏打饼干，每天吃两顿，每顿吃一盒，吃完饼干就回来。四川山区总有公益广告牌，提醒大家注意饮食饮水，防治包虫病。他来的时候除了换洗衣服，还拿了个照相机，说学写稿怕来不及，他上网查过，普利策还有图片新闻奖。

我们在擂鼓镇找个招待所住下来。白色的楼房外墙上有红油漆写的"危"字，楼主体从左至右沿一条斜线垮塌，像闪电划过啃食的痕迹。残留部分坚固沉稳，还有主人新粉刷过的痕迹。远远看来，仿如北京稻香村的某种三角形白色糕点。老板叫我们不要怕，地震之后他们每天都住在这里。

第一天我带他沿着烂路往北川老县城走，那条路单面二十公里，我们早上走进去，晚上坐老乡的摩的回来。那时大部分北川人外迁，待新县城落成。空城，自然没有喝水的地方。我们在路边看到一户人家，老两口住在公路边，一间卧室一间厨房，厨房也像被闪电斜着砍掉半边，无力修缮，用大棚塑料布盖起来凑合用。我说爷爷，我们太口渴了，能不能给我们喝口水。爷爷笑，唤他老太婆整点水出来。

老太太钻到厨房里，三五分钟后端出两个碗。碗里装热水，水浑浊发黄。老太太张嘴笑，嘴里只剩一颗门牙。我看发小一眼，他看着黄水正在咬后槽牙。我抬头干掉黄水，喝完发现它是甜的，红糖水。

我们都爱吃饼干，每天吃，嘴长溃疡。长溃疡无妨，还拉不出大便。有天晚上发小在厕所蹲了半小时没出来，我突然想起初中的游戏。我冲进厕所，一脚跨过他肩膀，骑在他脖子上，一边拍他脑壳一边说："幺儿，好久没喊爸爸了。"

那天晚上我听他喊了我几百声爸爸。第二天早上趁他还没醒，我准备悄悄把大事办了。没想到他这个人心机重，佯装熟睡。我刚蹲下，他破门而入。我说好爸爸，莫打脑壳，幺儿错了，好爸爸。

我们决定停止这个游戏。既然喝过爱心糖水也没拉稀，还不如吃点热的。怕包虫病，我们吃素，不吃荤。我们在镇上找到家给援建工程队做饭的小馆子，点了三个绿叶子菜，一人两碗米饭。

吃完马上来了感觉，把便秘送走。我先拉完躺在床上写稿，他在厕所喊了一声，"锤子！"我以为他犯痔疮，他说他在百度包虫病，这个寄生虫大多通过青菜叶进入消化道，再寄生到活人肝肾，它不通过肉传播。

我们又开始吃饼干，也没心思玩爸爸游戏，过一会儿他问一句，肝是不是在肚子左边噢，有点痛啊。我说大哥，那是胃，胃痛你喝点热水。过一会儿我问，你查一下，包虫钻不钻人脑壳？我脑壳里面有点响声呢。他说，大哥，现在晚上三点，再熬一下都不响了。

我们早起外出溜达采访，下午两点回，睡一觉再睁眼吃第二顿饼干。接着写稿。我写稿的时候发小都在发信息，他一贯行情稳定。离开前那一晚，风大。风没有光，无味，没有色彩，没有声音。只有当它冲刺起来，和屋檐窗户相撞，蹭出哀伤的声响，人才发现风没有朋友，风很孤独。继而想起树，河流，野狗，街道和自己都是孤独的。

我穿衣服在床上校对我的稿子，被子上都是泥土，我们都已经五天不曾洗漱。

最后一天，发小说他要去擂鼓镇小学上一节体育课，不然白来。我说他神经病。那天他去学校自我介绍，说他是重庆重点小学的体育老师，人家教务主任毫无怀疑，给他安排了一堂课。

那节课上得欢快，小朋友们爱上了这个活跃的新老师。就像我们小时候也会遇到很多新来的实习老师，匆匆来，十天半月又走。走的时候用半节班会课给实习老师送行，大家围着新老师不让走。情绪敏感的小朋友头回面对离别，低声啜泣，集体情绪有时候像仓库里陈年的老报纸，见不得半点火星子。哭声如火势蔓延，小朋友更有胜负心，喊得最大声的，是深情冠军。有外向的小朋友抱住老师的大腿，一把鼻涕一把泪都蹭老师裤子上。体质稍弱的，上气不接下气，头一歪晕过去。

所以当时最恨实习老师的冠军是校医，年级四个班同时欢送，那一天她肩膀上挂好几条小命。亚军必然就是班主任，剩下二十分钟用来整顿纪律。抓几个哭得大声又没被校医接走的，狠狠批评，罪名诸如懒惰、贪玩、注意力不集中等。我很诧异，温情之后的风暴从何而来？后来长大谈恋爱明白过来，这类似你在家夸挂职女领导年轻漂亮，临走送别喝个烂醉回家。大概就是这个意思。

那年重庆最好的小学招工，提交报名初筛的都是北师大的毕业生，最次也是西南师大。发小无事遛弯路过，跟着那张礼貌性的公告走进去，愣是插队面试，勇敢受到赞赏，被录取。当时的喜悦就像拥有了当时的贵价樱桃，勇敢会获得奖赏。然而再贵的樱桃也怕得到，吃多会腻，放久会烂。两年后他说这个学校是他梦想的绊脚石，带小学生打篮球没有意义。

　　自从不当小学体育老师之后，发小换过好几个工作，每一个都是有战争创伤的老头托人找的。他在国企卖过水泥，那几年他喝了很多酒，搞建筑的中年人，都喜欢在酒桌上谈事情。文化要求人含蓄，一句真话拆成八句，四句假谦虚，四句真暗示。有时说话的水平高，听者笨；有时说话的笨，听者聪明。总之一席话下来，我说我的，你猜你的。但生意讲究精确，水泥二百元一吨，绕不成两千元。这种时候需要直说，长期绕把大家都绕得胆小如鼠。

　　不会说真话了。只好喝酒壮胆，酒量好的更麻烦，喝完一席还没到位，去那种有陪侍的 KTV 继续喝。到了那种地方，眼睛看了不该看的，手摸了不该摸的，该说的话多半又没说出来。

　　发小说他是个诚实的人，受够了弯弯绕。去 KTV一开始很有意思，漂亮姑娘总是拉着他的手含情脉脉说，他和别人不一样，他真特别。他喝口酒，盯着姑娘眼睛问自己哪里特别。姑娘说就是一种感觉，说不清道不明。后来他觉得KTV也没意思，倒不是假酒难喝，是因为每个KTV的姑娘都拉着他的手，说一样的台词。

他在小学因为诚实和叛逆被领导收拾，让他每天接送校车，周六加班上篮球兴趣班，也就是多年以后的"996"。在卖水泥的地方，他又叛逆地认为谈业务效率低，拒绝去KTV喝酒，被下放到下属企业。这个下属企业就是垃圾站，他每天开着老头给他买的蒙迪欧去垃圾站上班，办公室两平方米大，钢结构的铁盒子，里面有把椅子，不通电。重庆的太阳像烈火，火烧铁板，铁板烤肉，和韩式烤肉同样的烤法。在他眼里这是一块墓地，起伏的垃圾堆是坟墓，坟墓里面装着他的活力和梦想。铁皮办公室是一座墓碑。他要在墓碑上写，老子不干了。

自那以后，他下决心再也不工作，他要追梦，要成功。至于怎么成功，来日方长嘛。但他依然热爱旅游。比如我出差去成都，我会喊他来，他背起PS4，我们通宵打实况足球。打输那个要喊爸爸。

有年夏天，两个品牌前后脚在成都办活动。这种情况很常见，我会让A品牌承担机票，B品牌承担酒店。那次A品牌的酒店安排在崭新的君悦酒店，主人家慷慨，给了套房，还送了每天六百块点餐费。发小也是时髦青年，爱穿爱打扮。他很激动，说他从来没住过这种酒店的套房，进门以后，他像包工头一样把房间里里外外研究好几遍。我坐沙发上拿起游戏手柄，说搞快点噢，输不起直说。天气实在热，另一方面川渝男人在家从小习惯赤膊。我们两个像小时候一样穿着内裤打到晚饭时间。我打电话给餐厅点好餐，继续游戏。

后来我离婚前夕去九寨沟，又喊他一起。长途自驾游就像微缩人生，路上有未知，未知的景致，未知的磨难，未知的喜怒哀乐。这些未知又类似苏州园林里的假山假水，再多湍流曲折都是假而可控的。在不幸的时刻，人可以逃进这微缩人生里，假装战胜世界。

路上发小突然说："你看我们出来玩，永远都是你出钱，我有时候真的很憋。我特别想有一天可以我出钱，我们也好吃好喝玩一次。"我说："你神经病。小时候你有五块钱，我没钱。踢完球你买两瓶可乐，给我一瓶。现在是一个意思。"

他听完沉默，十分钟后说："你没听懂我啥意思。"又过了十分钟，他说："你能不能找个机会让我去北京？"我无言以对。

那次之后，我不想再和他谈有关工作的事，因为我看到他的梦想很大，大到远远超过他的自我认知。说真话得罪人，而我无法长时间说谎，说谎需要一刻不停地编造。说谎就像大胖子穿束身衣，我甚至掌握不好呼吸的轻重。

后来终于被他找到机会，他在重庆融资一百万，开了一家西餐厅。过程很热血，结果大出血。前三个月，因为生意惨淡，投资花光了。后三个月，他一意孤行，也不知他去哪里听来些毒鸡汤，说相信"相信"的力量，抵押房子奋力一搏。钱亏完了，只好卖房卖车，卖房卖车势必要告诉他们家老头。

当他回到老头子家吃饭，说他要卖房卖车，老头子正大口喝茶。发小话音未落，老头左手摸胸，从饭桌上滑落到地上，嘴里一口茶仰天喷洒，喷出花洒般均匀的，无色的鲜血。发小赶紧伸手扶他，但又不敢真扶。饭桌离厨房近，厨房有菜刀。发小妈妈赶忙把老头扶起来，拿起手机打120。

从那以后，发小一家三口又过上啃老头子的生活。

上次回重庆，因为我分手治疗情伤住在他家，那不是了不起的爱情，更像误会一场。反倒他总拉着我聊他的伤。那天他买了啤酒，说你也喝一点嘛。他从小知道我不喝，今天那意思是要说真心话。我说好，我陪你。

拉开一口干了大半瓶。

凭借气血上涌的酒劲，我说："北京的天空中挤满气球，一个气球里装着一个人的梦想。每个人都奋力吹胀它，一个挤破另一个的时候，就会有人离开。那年我让你来北京当编辑，那一刻你的气球在北京升起来。第二天你跟我说，你不来，气球就破了。"

他沉默很久，我说咋回事，喝多了哇？说真心话哟。

他想了又想，酝酿好情绪说："其实……我胃酸上涌。"哇一声吐了一桌子。

望 MOUNTAIN
登自己的山

主　　编 | 谭宇墨凡
策划编辑 | 谭宇墨凡　　王　偲

营销编辑 | 石　喆　　许芸茹　　韩彤彤

版权联络 | rights@chihpub.com.cn
品牌合作 | yw@chihpub.com.cn
出版合作 | tanyumofan@chihpub.com.cn

野望 SPRING MOUNTAIN

Room 216, 2nd Floor, Building 1, Yard 31,
Guangqu Road, Chaoyang, Beijing, China